ATRIUM

IRISH CRIME

KEN BRUEN

JACK TAYLOR LIEGT FALSCH

Deutsch von

HARRY ROWOHLT

Atrium Verlag · Zürich

Für Cathi Unsworth

Es führt kein Weg zurück

Thomas Wolfe

Der Bub ist wieder in der Stadt. Als der Bus in Galway einfuhr, lärmten Thin Lizzie in meinem Kopf. Eins der großen Soli, abgebratzt von Gary Moore. Ich habe sie bei ihrem letzten Gig in Dublin gesehen. Ich sollte beim größten Konzert des Jahres die Massen bewachen. Phil Lynott, von Kopf bis Fuß in schwarzem Leder, bis zu den Kiemen zugekokst. Er strich über die Bühne wie Rilkes Panther. Er sollte nie wieder über eine Bühne streichen. Ich auch nicht. Sein frühzeitiger Tod kam gleichzeitig mit meinem Karriereknick. Ich war bei den Bullen gefeuert worden, weil ich einem Ministerialdirigenten aufs Maul gehauen hatte. Ich hatte das nie bereut. Hätte nur gern doller zugeschlagen. Meine Entlassung war der Anfang einer Spirale, die mich langsam abwärts in die Alkoholikerhölle führte. Ich ließ mich in Galway nieder, wurde halbherziger Privatermittler und richtete mehr Schaden an als die Verbrecher, deren Taten ich aufzuklären versucht hatte. Aus London brachte ich jetzt einen Ledermantel und eine Koks-Abhängigkeit mit zurück nach Hause.

Ich wäre früher heimgekehrt, wenn es den alten irischen Imperativ nicht gäbe, dass man, wenn man weg ist, da auch bleiben soll. Zumindest aussehen, als hätte man es versucht. Ich weiß nicht, bei wem ich damit Eindruck zu machen versuchte. Es war lange her, seitdem ich eine Menschenseele beeindruckt hatte, mich selbst am allerwenigsten. Es grenzte an ein Wunder, was geschehen war. Mein Abschied von Galway war nüchtern vonstattengegangen. Es war eine solche Offenbarung gewesen. Der klare Kopf und die Abwesenheit der gewohnheitsmäßigen Übelkeit waren erstaunlich. Ich konnte denken, ohne mich bei jeder sich bietenden Gelegenheit vollkippen zu müssen. Lesen machte wieder so viel Spaß wie früher. Ich glaubte ernsthaft, dies wäre ein Neuanfang.

Jetzt war ich wieder das, was man einen bewussten Trinker nennt. Wenn ich bei Bewusstsein war, trank ich. Ein Bursche, den ich auf der Kilburn High Road traf, fragte mich, ob ich Spiegel-, Pegel- oder Stützsäufer sei. Ich hatte gesagt:

»Nö, und selber?«

»Stützsäufer. Ich versauf meine Stütze.«

Ich war mit einem Plan nach London gegangen. Es gibt wenig Tödlicheres als einen Alkoholiker mit Plan. Mein Plan sah so aus. Nach London, dann Wohnung in Bayswater. Möglichst nah am Park. Möglichst mit Erkerfenster. Die grauen Eichhörnchen an der Serpentine beobachten. Laut Plan würde die Frau, die ich geliebt hatte, zur Vernunft kommen und schnallen, wie sehr ich ihr fehlte. Sie würde nach London fliegen und mich irgendwie ausfindig machen. Eines schönen Tages, ein schöner Tag musste es schon sein, würde sie mich wie durch ein Wunder finden, und unser Glück wäre besiegelt. Ich brauchte nur zu warten, und schon kam sie. Oder, wenn ich lang genug wegblieb, würde ein Briefchen von ihr kommen, in dem stand, wie sehr ich ihr fehlte und ob ich sie bitte wiedernehme.

Stattdessen kriegte ich ein Wohnschlafzimmer in Ladbroke Grove. Tröstete mich mit Wahnvorstellungen. Ich hatte mich mit Van Morrisons »Astral Weeks« entwöhnt. Das Riesenangebot an hervorragenden Songs wurde überragt von »Astral Weeks«. Machte mir weis, dass ich den Song lebte. Die Wirklichkeit kam einem Albtraum so nah wie nur möglich. Der gleichnamige Hain von Ladbroke ist jetzt eine Strecke urbanen

Verfalls. Menschliche Wracks konkurrieren mit Abfall um ein Plätzchen. Ein Mix von Aromen trifft einen, sobald man sich auf die Strecke wagt. Vom unvermeidlichen Curry über Urin bis hin zu diesem durchdringenden Gestank aufgegebener Objekte.

Als ich Galway verließ, ließ ich eine Serie von Todesfällen hinter mir. In meinem Fall war es um ein Mädchen im Backfischalter gegangen, das allem Anschein nach Selbstmord begangen hatte. Die Ermittlungen hatten zu

drei Morden
vier, wenn man meinen besten Freund mitzählt
jeder Menge Herzeleid
jeder Menge Bargeld
und zum Exil

geführt.

Nicht auszudenken, wenn ich auch noch Ahnung gehabt hätte.

Ach ja, und zusätzlich besteht die Möglichkeit, dass mein Eingreifen den Tod eines Teenagers bewirkt hat. Ich musste ziemlich mit mir ringen, um mich nicht ebenfalls auf die Liste der Opfer zu setzen. Ich konnte das Kränkste zu meiner Verteidigung anführen, was das Jahrzehnt hergab:

»Ich habe es aber doch gut gemeint.«

Ich ließ es bleiben.

Meistens war ich zu besoffen gewesen, um irgendwas zu meinen.

Als der Bus den Stadtrand erreichte, sprach ich lautlos ein Mantra:

»Versuch, der Welt eine Portion ihres verlorenen Herzens zurückzugeben.«

Das Zitat von Louise Bogan, es gab mir ein Gefühl der Sehnsucht, deren Erfüllung ich nie erwarten konnte.

Am Fair Green stieg ich aus dem Bus und sah als Erstes die Schlagzeile

MEHR POLIZEI GEGEN GEWALT
AUF GALWAYS STRASSEN

Als Nächstes bemerkte ich die Hotels. Vier neue in der Forster Street. Das war hier früher die Arschkerbe der Stadt gewesen. Hier war noch nie etwas gewachsen. Sammon's gab es natürlich längst nicht mehr. Die Kneipe meiner Jugend. Liam Sammon hatte in der Mannschaft gespielt, die dreimal das All Ireland gewann.

Zähl die Häupter und weine. Immerhin gab es, als die Kneipe umzog, immer noch die Auslage der Teppichhandlung. Ein Schild im Schaufenster besagte: »Neue Anschrift Tuam Road«.

Heiland.

Man konnte nicht einmal mehr sagen:

»Alles beim Teufel.«

Der Teufel und alle anderen waren in die Tuam Road gezogen.

Vor meiner Abreise hatte ich eine neue Kneipe gefunden. Keine üble Leistung in einer Stadt, die mich aus jedem lohnenden Etablissement ausgeschlossen hatte. Dass es meine Art von Kneipe war, wusste ich, als ich das Schild im Fenster sah.

WIR FÜHREN KEIN ›BUD LIGHT‹.

Jeff, der Besitzer, war bei einer Heavy-Metal-Band gewesen. Groß in den Achtzigern, in Deutschland. Er schrieb die Texte.

»Welche Texte?«, höre ich Sie fragen.

Genau.

Er hatte sich mit einer Punkrockerin zusammengetan, die mir hin und wieder ausgeholfen hatte. Cathy Bellingham, eine Londoner Ex-Fixerin, die in Galway angespült worden war. Ich hatte die beiden einander vorgestellt und mich zurückgezogen. Bei ihnen wollte ich zuerst meine Aufwartung machen.

Ich war von Heathrow nach Dublin geflogen, hatte den 12-Uhr-Bus nach Westen erwischt. Der Busfahrer sagte:

»Und? Wie?«

Ich wusste, ich war zu Hause.

Als bekehrter Raucher hatte ich wieder angefangen. Es ist eine schöne Scheiße. Die neue Welt ist für Nichtraucher entworfen. Es ist fast unmöglich, zu koksen und nicht zu rauchen. Das passt so prima zusammen. Wenn dieser erste Schauder zuschlägt, möchte man ihn mit Nikotin verdreschen. Als ginge es einem noch nicht schlecht genug. Ich weiß nicht, ob es ist, wenn diese eisige Gefühllosigkeit geliert, oder später, aber man greift nach jener weichen roten Packung. Versuchen Sie mal, auf dem Flughafen von Dublin oder auf irgendeinem Flughafen zu rauchen. Viel Glück. Von wegen Schluss mit Apartheid. Kleine Nischen der Isolierung, wo die beschämten Raucher sich versammeln. Die Aussätzigen der modernen Einöden. Man nickt einander schuldbewusst zu, wirft das Feuerzeug an und saugt das Gift ein. Man müsste sich den Kopf nachsehen lassen, wenn man darauf verfiele, über den Flughafen von Dublin Drogen einzuschmuggeln. Diese Jungs sind tödlich. Mann, die sehen einen kommen. Kriegen einen, und Schluss ist.

Ich habe es trotzdem versucht.

Meine Not war größer als meine Angst. Ich konnte mir die Schlagzeile vorstellen:

EX-POLIZIST AM FLUGHAFEN FESTGENOMMEN

Klasse Einstieg für eine Heimkehr?

Oha.

In der Forster Street war der Schnüffeldrang massiv, aber ich wehrte ihn ab. Vor Nestor's sang ein Typ in einem dreckigen weißen Anzug:

»Au, au, au, du bist 'ne schöne Frau.«

Eine lädierte Mütze lag zu seinen Füßen. In ihr hatten sich insgesamt 50 Pence angesammelt. Ich prüfte meine Taschen, legte ein paar Münzen ab. Er sagte:

»Spuck mich an, Dickie.«

Von Joe Dolan zu Dickie Rock, ohne einen Takt auszulassen. Ich lachte, und er fügte hinzu:

»Sie haben Ihre Spende in englischen Pfund ausbezahlt.«

»Tut mir leid.«

»*Ary*, Sie haben es ja gut gemeint.«

Er warf sich auf »Das Haus mit dem weiß getünchten Giebel«.

Ein einsamer Wachposten am Tresen. Er rief aus:

»Heiland, seht mal, wer wieder da ist.«

Iren allgemein begrüßen einen Heimkehrer mit genau diesen Worten:

»Wieder da.«

Jeff war hinterm Tresen, nickte, fragte:

»Was darf's denn sein?«

»Eine *pint*.«

Die Frage stand groß in seinen Augen:

»Du trinkst wieder?«

Eins muss man ihm lassen: Gestellt hat er sie nicht. Ein Song wurde gespielt, den ich nicht erkannte. Ich fragte:

»Was ist das für eine Weise?«

Er lächelte und sagte:

»Du wirst es nicht glauben.«

»Jeff, wir sind in Irland; ich glaube alles.«

»Es ist ›I saw a Stranger‹ von Tommy Fleming.«

Er gab dem Guinness Zeit, sich zu beruhigen, kam herum und sagte:

»Umarme mich mal.«

Ich umarmte ihn.

Nicht leichthin oder übermäßig geschmeidig. Wir irischen Männer umarmen nicht. Nicht ohne anhaltende Verlegenheit. Er sah gut aus. Seine typischen schwarzen 501er waren blitzsauber. Großvaterhemd, Cowboystiefel und schwarze Wildlederweste. Straff gebundener Pferdeschwanz. Wie ich ging Jeff auf die fünfzig zu. Er sah nicht aus wie ein alternder Rocker. Eine Leichtigkeit in seinen Bewegungen verlieh seinen Klamotten, egal, welchen, Klasse. Ich sagte:

»Du siehst toll aus.«

In Irland ist dies meist die Einleitung zu: »Wie wär's mit einem Darlehen?«

Ich meinte es aber.

Er trat einen Schritt zurück, unterwarf mich einer eingehenden Prüfung. Ich trug meinen einen Anzug von Oxfam. Der Anzug war längst gestorben. Ich hatte mir das Haar wachsen lassen und mir den Bart nicht gestutzt. Er sagte:

»Du siehst scheiße aus.«

»Danke.«

Er ging, um der *pint* die Sahnehaube zu verpassen. Ich setzte mich auf meinen früheren Stammplatz. In der Ecke, harter Stuhl, noch härterer Tisch. Hatte sich nicht geändert. Ich mich aber. Ich sagte zum Wachposten:

»Kann ich Ihnen eine *pint* ausgeben?«

»Muss ich Ihnen dann auch eine ausgeben?«

»Nein.«

»Na, meinetwegen.«

Ich wühlte in meiner Reisetasche, holte Unentbehrliches

heraus. Ließ ein Paket auf dem Tisch, stopfte mir alles andere in die Hosentasche, sagte:

»Jeff, ich geh mal eben strullen.«

»Nur zu.«

Ich schloss eine Kabine ab, kniete mich über die Toilette, klappte den Klodeckel herunter, holte das Silberpapier hervor. Ich legte fünf Linien, rollte einen englischen Zehner zusammen und schnoberte schnell. Das Brennen kam sofort. Haute mich gegen die Tür, spürte, wie das Gefrieren mir das Hirn peitschte, quengelte:

»Heiland.«

Nach zehn Minuten war ich elektrisch; straffte mich, ging zum Waschbecken. Auf dem Spiegel darüber war das Logo

SWEET AFTON

Meine Nase blutete. Ich sagte:

»Süßer Jesus.«

Putzte sie mir mit einem Papiertaschentuch ab. Schüttete mir reichlich kaltes Wasser übers Gesicht. Mein Bart nahm unten eine graue Färbung an. Meine Backen waren eingefallen. Ich zog mir die Hose hoch, schnallte den Gürtel ein Loch enger. Zwölfeinhalb Kilo waren runter. Als ich Hurling spielte, war ich noch gebaut gewesen. Kartoffeln und Sport bepacken das Knochengerüst.

Zurück in die Kneipe. Cathy saß an meinem Tisch. Völlig verwandelt. Ich hatte eine zwanzig Jahre alte Punkmaus mit Fixnarben an den Armen gekannt. Sie sprang auf, sagte:

»Du bist wieder da.«

Außer der irischen Begrüßung hatte sie sich noch ganz leicht den hiesigen Singsang angewöhnt. Ihr Kim-Carnes-Schnabel hatte mir besser gefallen.

Noch eine Umarmung.
Sie besah mich, sagte:
»Koks.«
»Hey.«
»Du kannst eine alte Giftlerin nicht verscheißern.«
»Wieso sollte ich das versuchen wollen?«
»Weil Süchtige das tun ..., sie verstecken sich.«
Ich setzte mich, nahm einen strammen Zug von meinem Getränk. Gott, war das gut. Cathy beugte sich vor, wischte mir den Schaum von der Oberlippe, sagte:
»Wir haben dein Zimmer fertig.«
»Was?«
»In deiner ersten Nacht musst du bei Freunden sein.«
»Ich wollte wieder ins Bailey's.«
»Kannst du morgen hin.«
»Na, okay.«
Sie hatte zugelegt. Ihr Gesicht war wohlgenährt, glänzte sogar. Ich sagte:
»Du siehst blendend aus.«
Sie scheute zurück; ich würde schwören, dass sie rot wurde, obwohl ich glaube, dass das eine ausgestorbene Kunstform ist. Sie sagte:
»Ich bin schwanger.«
Nach der Gratulationskiste sagte ich:
»Ich hab dir was gekauft.«
Ihr Gesicht hellte sich auf, sie bat:
»Zeig her.«
Ich gab ihr das erste Paket. Wie ein Kind riss sie es auf. Ein goldener Claddagh-Ring kullerte auf den Tisch. Ich sagte:
»Ich hab euch beiden einen besorgt.«
»Ach, Jack.«
Ich hatte sie einem Typ in einer Kneipe abgekauft.

Cathy probierte den Ring. Er passte. Sie rief:

»Schatz, kommst du mal kucken, was Jack gekauft hat?«

Er näherte sich vorsichtig dem Tisch. Cathy zeigte ihm den Goldring, sagte:

»Los, probier ihn an.«

Passte nicht so doll. Er zog unter seinem Hemd eine Kette hervor. Ich konnte eine wundersame Medaille sehen. Er machte die Schließe auf, ließ den Ring über die Kettenglieder gleiten und sagte:

»Daniel Day-Lewis trägt einen, glaubt, davon wird er Ire.«

Die Medaille lag auf dem Tisch, wie eine Verheißung, dachte jedenfalls das Koks. Jeff sagte:

»Jack, nimm sie an.«

»Die hat wahrscheinlich deiner Mutter gehört.«

»Es ist für einen guten Zweck. Das würde sie einsehen.«

»Wenn du es so ausdrückst, wie kann ich da ›nein‹ sagen?«

Ich steckte sie in mein Portemonnaie. Im Portemonnaie war ein Foto, mit einer jungen Frau, die knapp an der Kamera vorbeilächelte. Korkenzieherlocken, die ein Gesicht von adretter Hübschheit umrahmten. Jeff sah es flüchtig und sagte:

»Ach ja?«

»War beim Kauf des Portemonnaies inbegriffen.«

Der Abend wurde zur Party. Ich rief Mrs Bailey in meinem alten Hotel an, und sie erschien mit Janet, der Putzfrau/Kammerkatze/Pisspottschwenkerin. Ein wahrhaft anmutiges Geschöpf im Stand der Gnade. Ein paar Polizisten schauten vorbei und machten mit. Gegen neun brummte der Laden. Ich war auf Bushmills umgestiegen, und alles lief denkbar geschmeidig. Jeff tanzte mit Mrs Bailey, ich walzte mit Janet. Die Polizisten wagten einige Volkstänzchen.

Après-Fête. Die Kneipe sah aus, als wäre eine Bombe eingeschlagen.

Ich war auf meinem harten Stuhl eingeschlafen. Keine gute Idee. Mein Rücken war in die Brüche gegangen. Der Kater schlug tief, schnell und tödlich zu und drosch auf jede meiner Fasern einzeln ein. Ich maulte:

»Süße Mutter Jesu.«

Der Wachposten hatte auf dem Tresen gepennt, die unvermeidliche *pint* Schwarzes neben dem Kopf. Jeff erschien, grüßte:

»Ein herrlicher Morgen, um es anzupacken, die Herrn.«

Sadistischer Schweinehund. Er stellte den Fernseh an. Zapste durch die Programme und blieb dann bei Sky News. Wir hörten:

»Paula Yates wurde tot aufgefunden.«

Traf mich wie Donner. Ich hatte die verpeilte Maus geliebt. Hörte mal, wie sie sagte:

»Als Fifi noch ein Baby war, fiel sie zum ersten Mal aus dem Bett, und ich rannte mit ihr zum Arzt. Ich war völlig außer mir. Er sagte, das Kind ist kerngesund. Es trägt nur zu viel Schmuck.«

Wie konnte man sie nicht lieben?

Einmal hörte ich, wie Mary Coughlan sagte:

»Den Blues zu singen ist das eine. Ihn zu spüren hat mich fast umgebracht.«

Amen.

Jeff schüttelte den Kopf, starrte mich an, sagte:

»Was für eine Verschwendung.«

Aber ich wusste Bescheid. Sein Gesichtsausdruck war bei Müttern in Irland der Länge und der Breite nach höchst beliebt. Er spiegelte die Warnung:

»Lass dir das eine Lehre sein.«

Jeff hatte viel zu viel Stil, um es zu sagen. Der Wachposten regte sich, griff nach seinem Glas, trank sorgfältig die Neige aus und schlief weiter. In meiner alten Kneipe, bei Grogan's, war er mit einem Kameraden am Tresen angebracht gewesen. Der eine am einen, der andere am anderen Ende, identisch gekleidet,

Schlägermütze
gefütterte Jacken
Trevirahosen.

Zwillingsgetränke. Immer und ewig die halb getrunkene *pint* Guinness, mit intakter Sahnehaube. Ziemliche Leistung. Mir war nie aufgefallen, dass sie voneinander Notiz genommen hätten. Ich kannte sie nur als die Wachposten. Was sie bewachten, kann man nur vermuten. Vielleicht die alten Werte. Der eine war einem Herzinfarkt erlegen. Der andere hatte sein Quartier verlegt, als Grogan's den Besitzer wechselte.

Ich fühlte mich alt. Schlich mich an die fünfzig an, und jedes schlechte Jahr war mir ins Gesicht geätzt. Der Kater legte noch weitere fünf üble Jahre drauf. Jeff fragte:

»Kaffee?«

»Hat der Papst einen Rosenkranz?«

»Ist das ein Ja?«

Ich ging nach oben. Sie hatten mir die Mansarde gegeben. Sie war sauber, spartanisch. Man konnte, wenn man darauf bestand, sogar ganz bequem einatmen. Die Sonne strömte zum Dachfenster herein. Sie gab mir eine Illusion von Hoffnung. Griff mir meinen Kulturbeutel und machte mich auf die Suche nach einem Badezimmer. Es war frei. Makellos in Schuss, mit einem Crescendo flauschiger Handtücher. Ich sagte:

»O – – – kay.«

Riss mir meinen ruinierten Anzug vom Leibe und stieg unter die Dusche. So gut ich konnte, vermied ich einen Blick auf meinen Torso. Zahlreiche Trachten Prügel hatten ein trauriges Vermächtnis hinterlassen. Drehte die Mischbatterie auf siedend heiß und ließ den Schweinehund brüllen. Zog mich wieder aus der Kabine zurück, und meine Haut prickelte. In eins dieser Badetücher gewickelt, überprüfte ich das Medizinschränkchen.

Tut das nicht jeder?

Viel Weiberkram. Besprühte mich mit Mum-Deo. Die Dämpfe erstickten mich fast. Schüttelte mir ein paar Familien-Aspirin aus der Flasche und schluckte sie trocken runter. Einen bemerkenswerten Metallflachmann mit Aftershave gab es. Namens Harley. Ich dachte:

»Och, Jeff.«

Massierte mir das Zeug in den Bart und sagte:

»Things go better with coke.«

Ordnete ein paar Linien auf dem Waschbecken an, holte tief Luft und schnupfte. Wartete kurz, nichts spielte sich ab. Ich dachte, vielleicht sitzt der Kater mit der Winchester auf dem Kutschbock und passt auf, dass nichts passiert. Dann sangen Engel. Der Flash war dem Ekel verwandt. Konnte spüren, wie sich meine Augen weit öffneten. Mann, mir ging es gar nicht mehr schlecht. Sprang zurück in mein Zimmer und brummelte:

»Ich liebe mein Leben.«

Wählte eine ausgeblichene Levi's-Cordhose aus. Noch einmal waschen, und sie war Geschichte. Ein Sweatshirt mit dem Logo »Filthy McNasty's«. Dankenswerterweise zur Verfügung gestellt von Shane McGowans Pinte in Islington. Es war einst weiß gewesen, ich hatte es aber mal zusammen mit einem Marinehemd gewaschen. Zum Schluss ein Paar Schuhe. Schüttelte mir eine Marlboro aus der Packung, steckte sie an. Ich und Bette Davis, die letzten Raucher. Hinunter in den Schankraum, griff mir einen Mundvoll Kaffee. Perfekt, bitter wie ein Gerücht. Jeff sagte:

»Müssen starke Augentropfen gewesen sein.«

»Was?«

»Deine Augen … Sie strahlen.«

Cathy erschien und sagte:

»Puha, nie wieder, nie, nie wieder werde ich Weißweinschorle trinken.«

Jeff sagte ihr das mit Paula Yates. Sie sagte:

»Arme Zicke.«

Etwas später beugte sie sich weit zu mir herüber und fragte:

»Was ist das für ein Duft? Du riechst wie mein Jeff.«

Ihre mühelose Eingemeindung seines Namens zerrte an meinem Herzen. Ich ging zu meinem Stuhl, atmete tief aus. Ich erholte mich bereits gut. Die Tür ging auf, und ein schwerer, kräftiger Mann kam herein.

Er hatte einen voll ausgewachsenen schwarzen Bart, strahlte stille Energie aus. Er näherte sich, fragte:

»Kann ich mit Ihnen reden?«

»Klar.«

»In Ruhe reden?«

Ich sah mich in der Kneipe um, nicht gerade der Ort, an den sich die Vertraulichkeit zurückgezogen hat. Ich brachte mein Lächeln in die Gänge und sagte wie kurz vor einer Schlägerei:

»Komm mit vor die Tür.«

Ein winziges Ziehen an seinem Mundwinkel, der einzige Hinweis, dass mein Scherz angekommen war. Ein Blick auf seine Hände, und man wusste, dass er die Landstraße bereist hatte. Die frische Luft traf mich wie ein Hurling-Schläger. Ich stolperte, spürte eine Halt gebende Hand. Er sagte:

»Frische Luft kann eine ziemliche Sauerei sein.«

Ich zog meine Lullen hervor, schüttelte eine heraus, kurbelte am Feuerzeug. Brachte gar nichts. Ich sagte:

»Kack.«

Er trug schwarzen Anzug, weißes Hemd, echten Schlips. Er

langte in seinen Sakko, förderte ein Zippo zutage und überreichte es mir. Es war massiv Silber. Ich machte Feuer, wollte es zurückgeben. Er sagte:

»Behalten Sie's; ich hab's mir abgewöhnt.«

»Ist aber massiv Silber.«

»Nennen wir es ein Darlehen.«

»Okay.«

Ich setzte mich aufs Fenstersims, fragte:

»Was beschäftigt Sie?«

»Sie kennen mich?«

»Nö.«

»Sind Sie sicher?«

»Ich vergesse keine Gesichter.«

»Ich bin Sweeper.«

Ich überprüfte sein Gesicht. Es war ihm ernst.

»Ohne Sie kränken zu wollen, Kumpel, aber das sagt mir furzwenig.«

»Die *tinkers*? Kesselflicker? Landfahrer?«

»Soll das ein Witz sein?«

»Ich habe nur sehr wenig Humor, Mr Taylor.«

»Nennen Sie mich Jack. Also ..., was wollen Sie?«

»Hilfe.«

»Ich weiß nicht, wie ich Ihnen helfen könnte.«

»Sie haben Ann Henderson geholfen.«

Ihr Name erwischte mich von der ungedeckten Seite, wie ein Quietschen auf der Seele. Muss auf meinem Gesicht zu sehen gewesen sein. Er sagte:

»Ich bedaure, Ihnen Kümmernis bereitet zu haben, Mr Taylor.«

»Jack; sagen Sie Jack.«

Ich schnickte die Zigarette weg, sah dem hohen Bogen nach, den sie beschrieb, bevor sie fiel. Ich sagte:

»Sehen Sie, Sweep ... Heiland ..., was für ein Name. Ich mache das nicht mehr.«

»Sie hat gesagt, Sie würden helfen.«

»Sie hatte unrecht.«

Ich wollte weg. Er streckte die Hände aus und sagte:

»Man bringt unsere Leute um.«

So was ist immer der Höhepunkt einer Veranstaltung. Keine Frage. Bei mir wirkte es. Ich drehte mich um, wollte ihm ins Gesicht sehen. Er sagte:

»Sie waren weg. Ich weiß das. In den letzten sechs Monaten wurden vier Landfahrer umgebracht.«

Er hielt inne, Verachtung in den Augen, fuhr dann fort:

»Die Polizei hat nichts unternommen. Ich bin zum Kommissar gegangen, einem Manne namens Clancy. Haben Sie von ihm gehört?«

Ich nickte, und er sagte:

»Für die sind das nur Landstreicher ..., und die bringen sich, wie jeder weiß, ständig gegenseitig um.«

»Was, meinen Sie, kann ich tun?«

»Sie können es herausfinden.«

»Was herausfinden?«

»Wer sie umbringt und warum.«

Kinder der Sackgasse

Patrick McGill

Ich blieb dann doch ein paar Tage länger im Nestor's. Hauptsächlich weil ich mich nicht zum Umzug aufraffen konnte. Es war gegen zwölf, ich pendelte mich allmählich ein. Rief Jeff zu, ich hätte gern eine *pint*. Er fragte:

»Nicht noch ein bisschen früh?«

»Manno, ich bin seit acht munter.«

Er warf einen Blick auf meine Augen und sagte:

»›Munter‹ ist das richtige Wort.«

Ich kam rapide runter und schnappte:

»Vergiss es.«

Jeff übt keine Rache, er begann, eine *pint* einzuschenken, sagte:

»Warum hast du's so eilig?«

Ich beruhigte mich und sagte:

»Wird Zeit, ins Bailey's zu ziehen.«

»Lass dir noch ein paar Tage Zeit. Cathy freut sich über die Gesellschaft.«

»Und du, Jeff, was meinst du?«

»Ich bin dein Freund, ich meine nichts.«

Gibt es darauf eine Antwort? Ich kenne sie nicht. Die Tür ging auf, und Sweeper kam rein. Blauer Anzug und noch blaueres Hemd, Wollschlips. Hätte er den goldenen Ohrring nicht gehabt, wäre er als Polizist durchgegangen. Der Kalauer drängte sich mit großer Wildheit auf.

Zum Beispiel:

»Fahren die Landfahrer jetzt mit der Grünen Minna?«

Stattdessen sagte ich:

»Trinken Sie was mit.«

»Eine Brause, bitte.«

Jeff fragte nach:

»Club Orange?«

»Ja, bitte.«

Wir studierten einander kurz, dann nahm Sweeper einen Schluck von seinem Getränk. Zerbiss das Eis und entblößte starke weiße Zähne. Ich sagte:

»Was treibt Sie um?«

»Brauchen Sie einen Platz zum Pennen?«

»Nein ..., nein, brauche ich nicht. Ich stecke bis zum Hals in Unterkunft.«

Er zeigte dies kurze Lächeln und sagte:

»Sie haben eine scharfe Zunge.«

»Ich komme gern zur Sache.«

Er zog ein Schlüsselbund hervor, legte es auf den Tisch, sagte:

»Hidden Valley werden Sie kennen.«

»Natürlich ... John Arden wohnt da.«

»Wer?«

»Für den Booker-Preis nominiert, hoch angesehener Dramatiker ...«

Er hob die Hand:

»Ich bin kein großer Leser, Mr Taylor.«

»Es ist nie zu spät.«

»Ich habe nicht gesagt, dass ich ungebildet bin ... Ich habe etwas ganz anderes gesagt.«

Sah das Aufblitzen in seinen Augen. Nahm mir vor, mich nicht mit ihm anzulegen.

Legte mich trotzdem mit ihm an und sagte:

»Da hab ich einen Nerv getroffen, stimmt's?«

Das ignorierte er und sagte:

»Ein paar meiner Leute haben dort ein Haus gekauft. Sie ... sind nicht eingezogen. Ich würde Ihnen gern das Haus anbieten. Es ist klein, aber angemessen.«

»Und die Schlüssel kriege ich, wenn ich helfe.«

»Ja.«

»Und wenn ich nichts finde?«

»Das Haus steht Ihnen sechs Monate lang zur Verfügung.«
Meine Instinkte sagten:
»Nein.«
Ich sagte:
»Abgemacht.«
Nahm die Schlüssel und sagte:
»Erzählen Sie mir, was passiert ist.«
Er holte einen Zettel hervor, legte ihn hin. Ich sah ihn an.

3. Jan.	Christy Flynn (Óg)
19. Feb.	Cionn Flaherty
2. April	Seaneen Brown
9. Juni	Blackie Ryan

»Óg« bedeutet »jugendlich«. Ich fragte:
»Alle tot?«
»*Aye*, auf dem Fair Green gefunden, beim Simon House.«
»Wie?«
»Wie was?«
»Sind sie gestorben?«
»Allen wurde der Kopf mit einem Hammer zerschmettert.«
Er stand abrupt auf, ging an den Tresen, bat Jeff:
»Einen kleinen Jameson und eine *pint* für meinen Freund.«
Ich sah die Liste an. Eine Mattigkeit flüsterte meiner Seele zu:
»Du bist so müde.«
Ein Satz, den ich mal gehört hatte, kam mir in den Sinn:
»Er trank, nicht wegen der Dunkelheit in ihm selbst, sondern wegen der Dunkelheit in anderen.«
Sweeper kam zurück, fragte:
»Bezahlung?«
»Was?«

»Wie viel Bargeld möchten Sie?«

»Geben Sie mir nicht bereits ein gottverdammtes Haus?«

»Sie werden Geld brauchen, jeder braucht Geld.«

Sag was dagegen.

Dann hatte er mir ein dickes Kuvert gegeben, mit Banknoten vollgestopft. Ich sagte:

»Braun wäre noch schöner gewesen.«

Er stand auf dem Schlauch und sagte:

»Ich steh auf dem Schlauch.«

»Hätte das Geld in einem braunen Umschlag den Besitzer gewechselt, hätten wir Ministerialdirigent und Bauunternehmer spielen können.«

Der Spruch war nicht nach seinem Geschmack. Er trank von seinem Jameson wie ein Mann, dem übel mitgespielt worden war, praktisch wie verbrannt. Der Whiskey hatte mich häufiger versengt, als ich mich erinnern möchte. Wir tauschten einen Blick aus, und er sagte:

»Ich muss ihn rationieren.«

»He, ich bin der letzte Typ, der eine Erklärung braucht.«

»Ich weiß.«

»Wie bitte?«

»Ann Henderson hat mir von Ihrem Leiden berichtet.«

Wut brannte. Ich fragte:

»Leiden … Hat sie das gesagt?«

Er wedelte mit der linken Hand, tat die Frage vage ab.

»Mein Volk leidet ähnlich.«

Ich beließ es dabei … Scheiß drauf.

Zeit, zu packen. Ich sagte:

»Ich brauch nur ein paar Minuten. Dann können wir los.«

Oben packte ich meine Reisetasche, klaute die Flasche Harley. Jeff roch gut genug. Ich dagegen konnte jede Unterstützung gebrauchen. Zog meine Londoner Lederkluft an. Knatschte ein bisschen, aber das mochte als Charakter durchgehen. Hinunter in den Schankraum, streckte Jeff die Hand aus, sagte ihm:

»Hat Spaß gemacht.«

»Wo willst du hin?«

Der Wachposten hob den Kopf und rief:

»Er geht mit dem Landstreicher.«

Jeff haute ihn und sagte:

»Hey.«

Sweeper nickte in die Runde und ging hinaus. Ich sagte:

»Ich habe ein Haus in Hidden Valley.«

»Von unserem Freund?«

»Ja.«

»Wo ist der Haken?«

»Ich werde ein kleines Problem untersuchen, das er hatte.«

»Mensch, Jack, ich dachte, du hättest den Laden dichtgemacht …, nach dem, was letztes Mal passiert ist.«

»Diesmal ist es anders.«

»Genau, du bist noch mehr im Arsch. Cathy! Jack macht die Mücke.«

Sie kam angerannt.

»Och, Jack.«

»Ich bleibe in der Nähe, buchstäblich um die Ecke.«

»Ich hatte aber doch einen Fillim.«

So hat sie das ausgesprochen. Wenn die Engländer es den Eingeborenen gleichtun, trägt es sie aus der Kurve.

»Was für einen Film?«

»*Julian Donkey-Boy* von Harmony Korine.«

Ich sah sie so verständnislos an, wie ich konnte. Sie fuhr fort:

»Das ist der erste Dogma-#-6-Film. Er hat *Gummo* gemacht, weißt du noch?«

»Ämm, nicht aus dem Stand.«

»Jack, den musst du sehen. Da macht er Lars von Trier aber so was von nass.«

Hinterm Tresen machte Jeff sich nass. Sogar der Wachposten lächelte. Ich beschloss, ihr reinen Wein einzuschenken, und sagte:

»All dies ergibt für mich nicht den mindesten Sinn.«

Geknickt präsentierte sie ein kleines Paket. Vorne konnte ich das Logo »Zhivago Records« sehen. Sie sagte:

»Dies sollte dein Geschenk zur Heimkehr sein.«

Ich öffnete das Paket, eine CD mit dem Titel »You Win Again« von Van Morrison und Linda Lewis. Ich brachte alle Begeisterung auf, zu der ich fähig war, und maulte:

»Wow.«

Wieder putzmunter, plapperte sie:

»Ich wusste, dass dich das glücklich macht. Weißt du noch, bevor du weggegangen bist, hast du mir ihr Album geschenkt.«

Ich wusste es nicht mehr und sagte:

»Aber ja.«

Draußen sagte Sweeper:

»Ich habe einen Van.«

»Ich auch.«

Es war ein Ford Transit, totalramponiert. Als er mein Widerstreben sah, sagte er:

»Der Motor ist heißgemacht.«

Öffnete die Schiebetür und warf meine Tasche hinein. Der mir von meiner Heimkehr bestens erinnerliche Sänger im weißen Anzug näherte sich und fragte:

»Den Preis für eine Tasse Tee, Sir?«

Überreichte ihm die CD. Er fragte:

»Was ist das denn, verdammtescheißenochmal?«

»Neues Material.«

In meiner ersten Nacht im Hidden Valley wurde ich festgenommen. Um acht kamen sie, um mich abzuholen, und weckten mich aus einem Power-Nickerchen. Ich war am Kamin eingeschlafen. Hidden Valley fällt steil vom Prospect Hill zur Headford Road hin ab. Ein Ruhepol in einer Stadt, die wahnsinnig geworden ist. Vom Hügel kann man über den Lough Corrib sehen und sich nach Kindern sehnen, die man nie hatte. Im Norden ist Bohermore. Um die Ecke ist Woodquay mit dem Roches-Laden für feines Glas. Das Haus war ein modernes Reihenhäuschen. Und halleluja, Holzböden, gemauerter Kamin. Komplett möbliert mit schweren schwedischen Sesseln und Sofa. Sogar das Buchregal war voll. Sweeper sagte:

»Kühlschränke und Tiefkühltruhe sind bestückt. Im Küchenschrank steht was zu trinken.«

»Sie haben mich erwartet?«

»Mr Taylor, wir erwarten immer jemanden.«

»Was kann ich sagen? Darf ich Ihnen ein Getränk holen?«

»Nein, ich muss los.«

Ich war mal auf einen Brief gestoßen, den William Burroughs an Allen Ginsberg geschrieben hatte.

Ich wurde zum ersten Mal verhaftet, als ich ein Balsafloß auf den Strand setzte, welches, argwöhnte man, den ganzen Weg von Peru nur mit einem Knaben und einer Zahnbürste (ich reise mit leichtem Gepäck und nehme nur das Nötigste mit) heraufgetrieben war. Eines Nachts, nachdem ich mir sechs Ampullen Dolophin gesetzt hatte, fand mich der Ex-Kapitän splitternackt in der Eingangshalle auf der Kloschüssel (die ich aus ihrer Verankerung gerissen hatte), wie ich in einem Eimer Wasser spielte und »Deep in the Heart of Texas« sang.

Ich sah mich in meinem neuen Zuhause um und fand, dass ich ganz gut gestrandet war. Ich nahm ein langes Bad, verstaute meine Klamotten und stöberte. Der Kohlenbunker war hinten raus, und ich brachte ein Feuer in Gang. Wollte mich ein paar Minuten hinsetzen und dämmerte weg. Ich wurde durch Geballer an der Tür geweckt. Ich wischte mir Schlaf aus den Augen, wankte an die Tür, öffnete sie und sagte:

»Die Polizei.«

In Uniform. Sahen aus wie knapp sechzehn. Aber gemein für ihr Alter. Der Erste sagte:

»Jack Taylor?«

»Als wüssten Sie das nicht.«

Der Zweite sagte:

»Wir möchten Sie bitten mitzukommen.«

»Warum?«

Der Erste lächelte und sagte:

»Um uns bei unseren Ermittlungen zu helfen.«

»Kann ich mir rasch einen Kaffee schnappen?«

»Ich fürchte, nein.«

Das Polizeiauto stand direkt vor der Tür geparkt. Ich sagte:

»Danke für die Diskretion, Jungs. Ich wollte die Nachbarn beeindrucken.«

Genau wie im Film: Der Polizist legte mir die Hand auf den Kopf, als er mich hinten ins Auto setzte. Sieht fast fürsorglich aus, schaffte es aber doch, meinen Kopf gegen das Blech zu dotzen, und sagte:

»Hoppla.«

In der Mill Street, als wir ausstiegen, kam Mike Shocks, der Lokalfotograf, angeprescht und fragte:

»Jemand?«

»Nö, niemand.«

Auf der Wache wurde ich in den Verhörraum gebracht. Rieb

mir die Handgelenke, als hätte ich Handschellen angehabt. Ein Blechaschenbecher, Logo: »Players, Please«, stand mitten auf einem Tisch voller Graffiti. Ich schüttelte eine Rote heraus, kurbelte am Zippo. Nahm tiefen Zug und versuchte zu raten, wo die Kamera war. Tür ging auf, Clancy kam rein. Kommissar, nein, Hauptkommissar, nein, Kriminaldirektor Clancy. Mann, wir hatten gemeinsam Geschichte geschrieben, aber keine gute. Er war bei dem Vorfall anwesend gewesen, der mich meine Karriere gekostet hatte. Damals war er so mager wie ein nasses Windspiel und mein Freund gewesen. Noch vor den Vorkommnissen, die zu meinem Exil geführt hatten, war er zum fetten Schwein mutiert.

In vollem Wichs war er ins mittlere Alter gehüpft. Sein Gesicht war lila, Flecken auf den Backen. Die Augen jedoch waren scharf wie immer. Er sagte:

»Du bist wieder da.«

»Gut ermittelt.«

»Ich hatte gehofft, wir würden dich nie wieder zu sehen kriegen.«

»Was kann ich dir gestehen, Bruder?«

»Ich hoffe nur, dass sich dieser andere Tölpel, Sutton, nicht mehr blicken lässt.«

»Ich bezweifle es.«

Sutton war tot. Ich hatte ihn umgebracht, meinen besten Freund. In, wie es so schön heißt, böswilliger Absicht. Clancy ging hinter mir. Das alte Ritual der Einschüchterung. Regel eins der Verhörpraxis. Steht nicht im Ausbildungsleitfaden, ist aber in Stein gemeißelt. Ich sagte:

»Gute Polizeiarbeit; ich werde alles ausplaudern.«

Spürte, dass er die Hand erhoben hatte, wartete angespannt auf den Schlag. Er kam nicht. Ich schüttelte mir eine weitere Rote aus der Packung, steckte sie an. Er fragte:

»Was treibst du mit den Kesselflickern?«

»Kessel flicken.«

»Werd nicht frech. Ich buchte dich in Mountjoy ein, bevor du ›Anwalt!‹ schreien kannst.«

»Ach, du meinst Sweeper.«

Wut brach sich Bahn. Er machte:

»Er ist ein Halunke.«

»Dich mag er, glaube ich, auch nicht.«

Er knallte sich auf den Tischrand, die Hose auf Hochwasser. Ein weißes haarloses Bein war über der Marinesocke zu sehen. Er beugte sich mir direkt ins Gesicht. Sein Atem stank nach Zwiebeln. Er sagte:

»Hör mir gut zu, Burschi. Halte dich von dieser Bande fern.«

Ich schraubte mir eine Zigarette aus der Packung und fragte:

»Den Mord an vier von ihren Männern wollt ihr nicht untersuchen?«

Spucke erhellte seine Mundwinkel. Er spie:

»Gottverdammte Scheißlandstreicher, die bringen sich doch ständig gegenseitig um die Ecke.«

Er stand auf, korrigierte den strammen Sitz der Uniformjacke und sagte:

»Hau ab.«

»Ich darf wieder weg?«

»Pass auf, wohin du gehst, Bubi.«

Auf dem Weg zur Tür sagte ich:

»Gottes Segen.«

Nach meiner Entlassung aus der Mill Street ging ich in Richtung Shop Street. Thom Yorke von Radiohead sagte:

> *Jeden Tag glaubt man, na, vielleicht sollten wir aufhören. Vielleicht hat das gar keinen Sinn, weil alles, was man an Geräusch gemacht hat, was einen glücklich machte, von allem, was es bedeutet hatte, leer gesaugt wurde. Und das hält man doch total im Kopf nicht aus.*

Ich blieb ein bisschen auf der Brücke stehen. Drüben, in der Nähe von Claddagh, konnte ich Nimmo's Pier sehen. Suttons Leiche war nie gefunden worden. Seine Gemälde waren jetzt was für Kunstsammler. Die Franzosen haben ein Wort für Albtraum ... *cauchemar*. Mann, das beschwört vielleicht was herauf. Ein Alkoholiker hat Träume, die es mit den Träumen jedes Vietnamveteranen aufnehmen können. Man schließt die Augen, murmelt: »Klar zur Landung« ..., und das ist kein Spaß. Zuerst, böse Ironie, vertreibt Alkohol die Träume. Jedenfalls erinnert man sich nicht an sie. Dann jedoch versorgt er sie mit Brennstoff und jubelt sie bis zur neunten Ebene hoch. Keine Ebene, die zum Verweilen einlädt. Auf Irisch heißen Träume *brionglóidí*, was sich wunderbar sanft anhört. In die vielen unmöglichen Richtungen, in die man beten kann, betet ein Säufer am ehesten in diese. Vergeblich. Ich träume nie von Sutton. Klar, ich denke an den meisten Tagen an ihn, aber er beschränkt sich auf die Stunden mit Tageslicht. Dem Heiland sei Dank.

Ich brauchte Merton und eine *pint*. Nicht unbedingt in dieser Reihenfolge. Ging in Richtung von Charlie Byrne's, einem modernen Antiquariat. Das ist *die* Buchhandlung überhaupt. Während meiner Lehrzeit bei dem Bibliothekar Tommy Kennedy, als er mein Lesen formte und nährte, erzählte er mir von

Sylvia Beach. In Paris, in den wahren Tagen des Ruhms, hielt sie in ihrer Buchhandlung Hof für

Joyce
Hemingway
Fitzgerald
Gertrude Stein
Ford Maddox Ford.

Wenn er erzählte, bekam seine Stimme einen so sehnsüchtigen Klang. Wenn er die fast mythische Atmosphäre beschrieb, konnte ich die Gauloises riechen, das Aroma reinen französischen Kaffees. Da ich jung war, fragte ich naturgemäß:

»Sind Sie dahin gegangen, Mr Kennedy?«

Man sah den verlorenen Traum in seinem Blick, als er sagte:

»Nein, nein ..., bin ich nicht.«

Eins meiner allumfassenden Gedichte ist *Geheul* von Ginsberg. Niemand, dem ich das je sagte, schien überrascht zu sein. Ich glaube, sie haben mich alle zu oft heulen gehört. *Geheul* ist aus London in meiner Jackentasche zurückgereist. Das andere Reisebuch war *Der Jagdhund des Himmels*. Es war ein Sammlerstück gewesen, in Kalbsleder gebunden und mit Goldschnitt. Als ich Tommy Kennedy meine Berufswahl mitteilte – die Polizei –, war er bitter enttäuscht. Mein Abschiedsgeschenk von ihm war das Buch von Thompson. Durchsoffene Nächte hatten den schönen Band gezaust.

Charlie Byrne's kommt Tommys Ideal nahe. Ein paar Jahre zuvor hatte ich in der Krimi-Abteilung gelungert. Ein Student hielt eine wunderschöne amerikanische Walt-Whitman-Ausgabe. Er schielte auf den Preis. Charlie sagte im Vorübergehen:

»Nehmen Sie's mit.«

»Ich habe nicht genug Geld.«

»*Ary*, zahlen Sie später mal«,

UND

überreichte ihm auch noch den *Collected Robert Frost*, wobei er hinzufügte:

»Das werden Sie ebenfalls wollen.«

Das hatte Klasse.

Vinny Brown surfte im Netz, blickte auf, sagte:

»Du bist wieder da.«

Der harte Kern: Charlie, Vinny und Anthony. Ich hatte Anthony mit Pellicanos bekannt gemacht, und zum Dank hatte er mir den kompletten Harry Crews geschenkt. Er ist Amerikaner, scheint aber die Gangart Galways zu verstehen. Ich verstehe sie immer noch nicht. Vinny fragte:

»Wie war London?«

Ich hatte mich kurz zuvor durch *London: Die Biographie* von Peter Ackroyd gepflügt. Ich versuchte, nicht zu sehr wie ein Klugscheißer zu wirken, und sagte:

»London ist Chaos, ein Labyrinth, unkennbar.«

Vinny brauchte mehrere Nanosekunden, dann versuchte er es mit:

»Ackroyd?«

Ich weiß nicht, wie das mit *serendipity* ist, Spürsinn, mehr Glück als Verstand. Ich meine nicht Stings grauenhaften Song, sondern Zufall, Fügung. Wenn Gott sich zurückhält. In der Kinderbuchabteilung war eine Landfahrerin. Wog den Unterschied zwischen Barney und dem *Kaninchen aus Velourssamt* ab. Ich nickte, und sie sagte:

»Mr Taylor?«

Dieses »Mr« bringt mich um. Ich fragte:

»Alles klar?«

»Am Sonntag ist das Rückspiel.«

»Ach ja?«

»Ich habe ein Gebet gesprochen, damit wir das Königreich schlagen. Glauben Sie, das kann man machen?«

»Gegen das Königreich Kerry würde ich sogar eine Kerze anzünden.«

Sie sah mich gründlich an. Das hatte nichts mit Neugier zu tun, aber umso mehr mit Besorgnis. Sie sagte:

»Sie haben sich den Bart stehen lassen.«

»Habe ich.«

»Kleidet Sie gut.«

London

Thomas Merton in seinem Tagebuch, sechs Monate vor seiner Asienreise:

Mir ist klar, dass ich eine Vergangenheit habe, mit der ich brechen muss –, eine Anhäufung von Trägheit, Unrecht, Narretei, Fäulnis, Müll. Ein großes Bedürfnis nach Klärung, nach Sinnstiftung, oder vielmehr nach gar keinem Sinn. Ein Bedürfnis, zur echten Praxis zurückzukehren, zur wirklichen Mühe. Bedürfnis, den großen Zweifel anzustacheln. Bedürfnis nach dem Geist der Erleuchtung. Am klaren Licht dranbleiben.

Ein blöder Stromschlag in Bangkok sollte ihn dann umbringen, auf halbem Wege.

Aura der Verlorenen, Verpeilten.

In London neigte ich dazu, an den Gefallenen dranzubleiben. Meine Aura von Erosion und Verfall war eine Leuchtbake für Wanderer, die die Straße weniger gut überlebt hatten. Die Säufer, Giftler, Knackis, Versager, toten Engel. Kommt her zu mir alle, die ihr verloren seid, und ich werde euch identifizieren. Zwei Menschen habe ich am meisten gepflegt. Sie gehören zum Rand der Randgruppe, die ich umrissen habe. Detective Sergeant Keegan war ein Schwein. Schlimmer, er war stolz drauf. Von trüber irischer Abstammung, war seine Basis Südost-London, Brixton-Peckham sein bevorzugtes Revier.

Laut, vulgär, bigott steuerte er auf seine Entlassung von den Ordnungskräften hin.

Ich trank in der Railton Road, gleichzeitig mit Katerpflege und Koksschmachter beschäftigt. Die Gästeschaft war vorwiegend schwarz. Auch ein paar Weiße, natürlich, die falsch abgebogen waren. Das Lieblingsgetränk war schwarzer Rum mit Coca oder ohne. Volle Socke Bob Marley. Ein Dreadlocksträger wollte mir eine Rolex verkaufen. Ich sagte:

»Ich sehe nie auf die Uhr.«

»Mann, dann schenk sie deiner Lady.«

»Keine Lady.«

Er warf die Locken zurück und fiel in Bob Marleys »No Woman, No Cry« ein.

Ich liebe dieses Lied.

Durch den Rauch, lauter als die Musik, hörte ich schallendes Gelächter. Sah über die Schulter, sah einen großen, dicken Mann, der eine Gruppe von Menschen überragte. Sein Anzugsjackett lag auf dem Fußboden, ein Schmerbauch hatte die Knöpfe von seinem Hemd gesprengt. Er hatte ein scharlachrotes Gesicht, verwüstet unter Schweiß. Mitten in einem Witz begriffen, gestikulierte er obszön. Ich murrte:

»Einödbauer.«

Vielleicht lauter, als ich beabsichtigt hatte, denn der Dread hatte es mitgekriegt und sagte:

»Mit dem Mann legt man sich besser nicht an.«

Ich lag einen Rum weit vorne, es war mir wurscht, ich fragte:

»Wieso nicht?«

»Das ist Keegan. Der kann muy Ärger machen.«

»Sieht aber aus wie ein fetter Furz.«

Der Dread sah mir in die Augen und sagte:

»Du bist ja Ire, Mann.«

Und verpisste sich. Ich signalisierte ein weiteres Getränk herbei. Das Zeug war ein Ideechen zu süß für meinen Geschmack, ging aber runter wie eine geschmeidige Lüge. Ich sah wieder Keegan an, der nunmehr »Living Next Door to Alice« sang. Ich hörte aus dem Text eindeutig das Wort »Blowjob« heraus, was definitiv eine Leistung ist, wenngleich eine herzlich sinnlose. Ich stellte mir vor, er ist eins von beiden, entweder hat er Verbindungen, oder er ist Bulle. Nicht, dass das streng entweder – oder wäre.

Im Kopf versuchte ich, wieder auf den Text von »Philosopher's Stone« zu kommen. Später, in meinem bekackten Wohnschlafzimmer, wagte ich mich an Marianne Faithfulls Version von »Madame George«. Das ist ja wirklich ein Schmachtfetzen.

Eine Schulter knallte gegen mich, und ich verschüttete mein Getränk. Ich machte:

»Ja, was, verdammte Schei...«

Hörte:

»Tut mir leid, Kumpel.«

Drehte mich um und sah Keegans Gesicht; leid tat ihm nichts. Der Subtext seiner Worte lautete: »Fick dich selbst ins Knie.« Er betrachtete mich, kalkulierte, sagte:

»Du bist Bulle.«

»Jetzt nicht mehr.«

»Ein irischer Bulle. Schöne Scheiße auch ..., von der Garda Schikini.«

»Síochána.«

»Schicker was?«

»Die Aussprache, bei dir klingt es wie aus dem Arsch heraus.«

Einen entsetzlichen Augenblick lang dachte ich, er würde mich umarmen. Der Gedanke tanzte in seinen Augen herum, verblich, dann:

»Ich liebe die Iren; zumindest ein paar von den Scheißkerlen.«

»Warum?«

Große Lache. Köpfe fuhren herum, dann wieder zurück. Alles an ihm rief Tier, Bauerntölpel, Galgenstrick. Aber die Lache, für die konnte man ihm einiges verzeihen. Kam von ganz unten und war mit Plackerei und Schmerz bestreut. Er sagte:

»Ich habe mal in Galway Urlaub gemacht, wegen der Rennen, aber ich habe da kein einziges gottverdammtes Pferd zu sehen gekriegt.«

»Ich bin aus Galway.«

»Das glaube ich jetzt nicht.«

Niemand behauptet, aus Galway zu sein; entweder ist man daher oder nicht. Ich wusste, dass ich alles sofort und auf der Stelle unter Dach und Fach bringen konnte, wenn ich sagte:

»Wir mögen die Engländer nicht.«

Vielleicht war es seine Lache oder der Rum, vielleicht lag es sogar an Brixton. Ich streckte die Hand aus und sagte:

»Ich bin Jack Taylor.«

Er schlug ein, sagte:

»Keegan.«

»Sonst nichts?«

»Außer man zählt Detective Sergeant mit.«

Er pfiff einer Frau, sie kam angetrabt. So viel Rum gab es gar nicht, dass man sie je als hübsch hätte bezeichnen können. Was sie verströmte, war Sex, massenhaft Sex. Er legte ihr die Hand auf den Arsch und fragte:

»Wie heißt du noch mal, Liebling?«

»Rhoda.«

»Rhoda, dies ist Jack Taylor. Er ermittelt verdeckt für die irische Polizei.«

Sie lächelte umfassend. Sie hatte jede müde Textzeile gehört, die eine Parade müder Männer je abgelassen hatte. Er klatschte ihr auf den Arsch und sagte:

»Geh dir die Nase pudern, Süße. Wir reden über Jungsthemen.«

Er sah ihr beim Abhauen nach, fragte dann:

»Also, Jack ..., wie wär's mit einem scharfen Ritt?«

London bietet nichts, was man sich ersehnt. E. B. White schrieb über New York:

»Vor allem anderen bietet es einem die Chance, Glück zu haben.«

London behauptet das nicht ganz so sehr von sich, aber es kommt ihm nah. Es überrascht einen immer wieder. Ich wollte Bildung.

Meine Lektüre, ausgedehnt, vielleicht erschöpfend, war willkürlich. Ich wollte etwas Zug reinbringen. Schrieb mich für Abendkurse im London College ein. Belegte Philosophie und Literatur. Immerhin hatte ich einen Bart. Besorgte mir bei Oxfam einen Schal, alles nach Art der Studenten. Ich war nicht der älteste, sah aber bestimmt am verhauensten aus. London im November ist nicht jedermanns Sache. Wenn man über den Ladbroke Grove geht, und der Wind heult einem ins Gesicht, wird man tiefgefroren. Mein Wohnschlafzimmer war auf dem neuesten Stand der Trostlosigkeit. Ein Bett, ein Stuhl, Heizlüfter und Dusche. Ja, ein Ein-Platten-Herd. Das Zimmer hatte eine Velourstapete, ohne Scheiß jetzt. Um das Elend noch zu verschlimmern, hatte ich Patrick Hamilton gelesen, *Hangover Square*. Schlimme Kost. Er schrieb: »Den von Gott Verlassenen wird ein Gasfeuer in Earls Court zuteil.« Ich hätte Earls Court metzeln können.

Es gibt ein magisches irisches Wort, *sneachta*. Sprechen Sie's »SchnäCHte« aus, mit reichlich Kehllaut. Es bedeutet Schnee. An meinem ersten Abend im College gab es scheißeweise davon. Harsch, wie der Name schon sagt, und unnachgiebig. Ich trug schwarze 501er, Thermosocken, Arbeitsschuhe, kariertes Hemd, Jeansjacke. Darüber hatte ich den Ledermantel und ein Strickmützchen. Kalt war mir trotzdem. Erinnern Sie sich an *Polizeirevier Hill Street*, den verdeckten Ermittler, der Verdächtige anschnauzt und »Hundeatem!« schreit? So sah ich aus.

Kaum verführerisch, aber geklappt hat es trotzdem. Zumindest glaubte ich, es hätte geklappt. Nichts hätte mir fernergelegen. Ann Henderson, in Galway, hatte mir das Herz zerschmettert. Ich konnte mir nicht vorstellen, dass mein Tachostand für eine weitere Frau reichte.

Der Dozent war ein Arschloch. Ebenfalls mit Bart. Er behandelte uns wie Schmutz. Da war ich vielleicht betrübt. Er märte sich über Trollope aus, und ich schaltete ab. Immerhin war es warm. Ich hatte eine dunkelhaarige Frau zu meiner Linken angeglotzt. Anfang vierzig mit starkem Gesicht und teigiger Haut. Unter einer schweren Parka vermutete ich einen üppigen Leib. Sie hatte meinen Blick bemerkt, gezaudert, war drauf eingestiegen. Nach dem Unterricht verteilte der Typ Aufgaben. Die Frau drehte sich zu mir um und sagte, auf Deutsch:

»Guten Tag, Gedichte und Briefe zweisprachig.«

»Was?«

»Emily Dickinson, mein Spezialgebiet.«

»Wenn Sie's sagen.«

Sie streckte die Hand aus, sagte:

»Kiki.«

Man zeigt sofort, wie alt man ist, wenn man »Kiki Dee« denkt. Ich sagte:

»Jack Taylor.«

»Also, Jack Taylor, würden Sie mich auf einen Drink begleiten?«

»Ich werd's versuchen.«

Sie hatte einen Akzent wie eine Europäerin, die Englisch in Amerika gelernt hat. Nicht unangenehm.

Englische Pubs haben etwas Erhabenes. Total anders als die irische Kneipe. Ich sage es nur sehr ungern, aber sie machen einen so behaglichen Eindruck. Schließlich haben sie uns mit dem Fachausdruck »snug«, muckelig, für unsere Einzelsäuferkojen beschenkt. Gegen die Kälte verschalt, sagten wir auf der kurzen Strecke zum Pub kein einziges Wort. Drin tauten wir im wahrsten Sinne des Wortes auf. Sie stand vor einem offenen Kamin und begann, sich auszuwickeln. Auch ich begann mich zu entwirren. Ich hatte seit vier Tagen keine Linie mehr gehabt. Keine Abstinenz, sondern mein Dealer war verhaftet worden. Mein Geschniefe hatte nichts mit Temperatur zu tun. Mir war kalt, innen wie außen, und ich fragte:

»Was darf es sein?«

»Oh, heißer Grog, bin ich korrekt?«

»Sind Sie das je?«

Der Barmann/Chef war ein Suffsack. Merkmale: aufgedunsenes Gesicht, erschöpfter Anzug und zu enge Ringe mit je einem Gold-Sovereign. Er dröhnte:

»Und auch Ihnen einen guten Abend, Sir.«

»Öhm, genau, zwei Heiße, aber bitte eher auch große ... Ach, und für Sie selbst auch was, bitte.«

Die Schönheit des englischen Systems, das dienstliche Saufen. Hatte mich meine Karriere gekostet. Er nahm einen großen Brandy und sagte:

»Dann wäre ich mal eben so frei.«

Kiki saß fast im Feuer. Ich sagte:

»Du heiß?«

»Du wünschst.«

Ich bin zu alt für Kraftwerk-Sex. Aber da und dort spürte ich eine gespenstartige Anmutung davon. Gab ihr das Getränk, sagte:

»*Sláinte.*«

»Wie bitte?«

»Das ist Irisch.«

»Das ist wunderhübsch.«

Normalerweise lasse ich Whiskey zufrieden. Kein Eis, kein

Wasser, unverdünnt wie ein Engelchen. Diese heißen Vertreter allerdings waren echt gut. Wir bekamen eine weitere Runde, konnte die Wärme bis in die Zehen spüren. Ich fragte:

»Woher sind Sie?«

»Hamburg.«

Ich bin sicher, darauf gibt es eine kluge Erwiderung, bestimmt sogar etwas Markiges, aber ich kriegte es nicht zusammen. Mir fielen nur die *Fawlty Towers* ein: »Nicht den Krieg erwähnen.« Ich sagte:

»Ah.«

Sie studierte mich eingehend, dann:

»Dreiundfünfzig.«

»Was?«

»Sie sind dreiundfünfzig.«

Eigentlich wollte ich das erst noch werden. Ich sagte: »Neunundvierzig.«

Sie glaubte mir nicht. Dann passierte etwas überaus Seltsames. Im Kopf konnte ich die Furey Brothers mit »When You Were Sweet Sixteen« hören. Nicht nur ein paar Takte, nein, das ganze Lied. Das Lied übertönte kurz alles andere. Ich sah, wie Kikis Lippen sich bewegten, konnte aber nichts hören. Schüttelte den Kopf, und es ebbte ab. Sie sagte gerade:

»Würden Sie mit mir schlafen?«

Wieder wurde ein *tinker* umgebracht. Ich hatte verschlafen, wachte desorientiert auf. Wo zum Teufel war ich? Ein gemütliches Bett, sauberes Zimmer, Chintzvorhänge. Hidden Valley. Scheiße, ich war Hausbesitzer. Das Gefühl gefiel mir. Duschte ganz langsam, der Kater war vertretbar, es ging mir gar nicht schlecht. Zog mir eine Trainingshose und das BRIXTON ACADEMY-Sweatshirt an. Ging barfuß, um was von den Holzfußböden zu haben. Machte mir Spiegeleier und, als Bonus, echten Kaffee. Die Küche duftete. Ich träufelte mir etwas Harley drauf und roch nun ebenfalls gut.

Stellte das Radio an, und es lief gerade die Stunde der alten Rockmusik. Hörte Chicago und Supertramp. Kam gut.

Es klingelte. Öffnete. Es war Sweeper. Er rief mit einer Riesenwut:

»Haben Sie's schon gehört?«

»Was gehört?«

»Es wurde wieder einer unserer Leute umgebracht.«

»Oh Gott.«

Er stürmte herein. Ich schloss die Tür und machte vorsichtig weiter. Er starrte meine Eier an. Ich fragte:

»Möchten Sie auch was?«

»Tee, bitte.«

Er setzte sich und zog eine Zigarette hervor. Kein Paket, nur eine zerknitterte Lulle. Ich gab ihm das Zippo, und er sagte:

»Sechs Monate hab ich gebraucht, um's mir abzugewöhnen.«

Dann zündete er sie sich an. Ich gab ihm seinen Tee, steckte mir eine Rote an. Meine Eier waren erstarrt. Er sagte:

»Ich habe Ihnen das Frühstück versaut.«

»Keine Sorge, ich hasse Eier.«

Ich befragte ihn nicht nach Einzelheiten, ich ließ ihn selber drauf kommen. Er sagte:

»Sean Nos war mein Neffe. Ich habe ihm sein erstes Wohnmobil gekauft. Gestern Nacht wurde er nackt auf dem Fair Green gefunden; seine Hand war abgehackt.«

»Heiland.«

»Haben ihn verbluten lassen.«

Er griff unter sich und berührte eine Adidas-Tragetasche. Ich hatte sie nicht bemerkt. Er zog die Tasche über den Fußboden, sagte:

»Machen Sie sie auf.«

»Ich glaube nicht.«

»Machen Sie sie auf, Mr Taylor.«

Ich bückte mich, atmete tief ein und zog dann den Reißverschluss zurück. Sah die blutbefleckte Hand. Der Fluch der persönlichen Inaugenscheinnahme. Doch während mein Magen sich umdrehte, hakte mein Geist Einzelheiten ab. Die Nägel waren sauber, ein dicker Ehering am Ringfinger, schwarze Haare nahe dem grausamen Einschnitt. Drehte mich um, stellte das kalte Wasser an, steckte den Kopf drunter. Wie lange, weiß ich nicht. Dann gab Sweeper mir ein Handtuch und fragte:

»Was zu trinken?«

Ich nickte. Sah, dass die Tasche wieder zu war und wieder neben dem Stuhl lag. Sweeper drückte mir einen Becher in die Hände. Nahm einen Schluck. Brandy. Als ich das letzte Mal Brandy getrunken hatte, bin ich in Ballinasloe in der Klapsmühle aufgewacht. Wenn ich nur mal kurz in den ersten Stock gekonnt hätte, hätte ich den Brandy mit einer Linie Koks abgerundet. Scheiße, mit einer Linie? Schraffiert hätte ich ihn. Mein Magen erwärmte sich, und ich spürte, wie sich die künstliche Ruhe ausbreitete. Sweeper schüttelte eine meiner Zigaretten aus der Packung, zündete sie an und steckte sie mir in den Mund. Ich sagte:

»Okay, danke, geht schon wieder.«

Sweeper machte weiteren Tee und sagte:

»Die Tasche lag vor meiner Haustür. Eins meiner Kinder hätte sie öffnen können.«

Ich wusste, dass es keinen Sinn hatte, versuchte es aber trotzdem und fragte:

»Die Polizei, haben Sie die schon angerufen?«

Er zischte durch die Zähne, ein hörbar gemachtes Ausspucken, und fragte:

»Haben Sie sich nicht selbst gestern mit einem ranghohen Friedenswächter getroffen?«

»Woher haben Sie das gewusst?«

»Sie arbeiten für mich; es ist meine Aufgabe zu wissen, wie Sie diese Arbeit machen.«

Das »Sie arbeiten für mich« fand ich nicht so schön, und die Gelegenheit war günstig, das geradezurücken. Ich stellte den Becher hin und sagte:

»Eins sollten wir klären, Kumpel. Ich helfe Ihnen aus. Ich arbeite nicht für Sie; Sie sind nicht mein Boss; ich bin kein Angestellter. Sind wir uns da einig?«

Er brachte ein dünnes Lächeln zustande.

»Sie sind ein stolzer Mann, Jack Taylor. Ich verstehe Stolz. Hier, nehmen Sie das.«

Er zog ein Tuchbündel hervor. Ich sagte:

»Sie wickeln es aus.«

Das tat er. Es war ein Browning 9 mm, Hi-Power. Er sagte:

»Hier drückt man auf den Knopf, dann kommt es raus, sehen Sie?«

Er drehte das Handgelenk, und der Ladestreifen sprang heraus. Er fuhr fort:

»Er hat dreizehn Schuss, eine Patrone ist in der Kammer. Hier ist der Sicherungsbügel. Zum Entsichern den Hahn spannen.«

Er legte ihn auf den Tisch. Ich fragte:

»Und was genau soll ich damit machen?«

»Zu Ihrem Schutz.«

»Danke nein, ich mach's nicht mit Feuerwaffen.«

Er wickelte die Waffe wieder ein, ging zum Spülstein und öffnete den Scheuermittelschrank unter dem Waschbecken. Er stopfte das Paket hinter die Abflussrohre und sagte:

»Man kann nie wissen.«

»Haben Sie irgendeine Ahnung, wer Ihre Leute würde umbringen wollen?«

»Sehen Sie sich die Nachrichten an. Jeder hasst die *tinkers.*«

»Das ist eine große Hilfe.«

Ich brauchte einen Anzug, und ich brauchte eine Verbindung. Oxfam hat sich mit seiner Preispolitik selbst aus dem Markt hinauskatapultiert. In London bin ich mal zu ihrer Filiale in der High Street, Kensington, gegangen. Die Jacken waren angekettet wie im paranoidesten Outlet in der Regent Street. Was soll das denn wohl? Nein danke. Ging zu Age Concern, fand einen dunkelblauen, sah zu groß aus, aber ich konnte ja noch hineinwachsen. Knarre einpacken, und jeder Anzug sitzt. Der Preis war ein Fünfer einschließlich Marinehemd und Kammgarnschlips. Die Verkäuferin, natürlich Engländerin, sagte:

»Tut mir leid, dass es so teuer ist.«

»Meinen Sie das ernst?«

Meinte sie.

»Der Anzug ist nagelneu, verstehen Sie, da mussten wir ihn ein bisschen heraufsetzen.«

Ich überlegte. Klar, sie war Engländerin, aber Humor können sie. Ich sagte:

»Halsabschneiderei.«

Darauf ein Riesenlächeln.

»Ich sag Ihnen was, ich lege ein fabrikneues Taschentuch drauf.«

»Mein Kelch fließt über.«

Schuhe hatte ich. Kiki hatte mir ein Paar norwegische Treter gekauft. Als Nächstes musste ich was besorgen. Ich hasste, was ich tun musste, aber der Teufel sitzt am Steuer. Rief Cathy an. Sie sagte forsch-fröhlich:

»Jack.«

Ich sagte:

»Ich brauche deine Hilfe, Mädchen.«

»Natürlich, Jack, was brauchst du?«

»Einen Namen.«

»Och, Jack.«

Sie wusste Bescheid. Bestimmt hatte sie die harte Phase selbst durchgemacht. Ich drückte meine Stimme auf flehentlich.

»Ich habe Schmerzen, Cathy.«

Ich wartete, was sollte ich sonst machen? Stand in einer Telefonzelle, meinen blauen Anzug über dem Arm, wie ein Bulle in Urlaub. Dann:

»Stewart.«

Und gab mir die Adresse. Ich fragte:

»Wird er zu Hause sein?«

»Er ist immer zu Hause.«

Klick. Ich hielt den stummen Hörer. Sie würde es nicht Jeff petzen, aber ich hatte unsere Freundschaft mit Füßen getreten. Die Freundschaft würde überleben, aber der Lack war ab. Ging zu der Adresse, in der Nähe vom Kanal. Das Haus sah normal aus. Kein Schild an der Tür: DROGENDEALER. Ich klingelte. Die Tür wurde von einem Bankangestellten geöffnet. Zumindest hatte er diese Geldzähler-Augen. Ich fragte:

»Stewart?«

»Cathy hat angerufen; kommen Sie rein.«

Ein ganz gewöhnliches Wohnzimmer. Es hingen keine fliegenden Enten an der Wand, aber Sie können es sich vorstellen. Immerhin gab es die gerahmten *Desiderata*. Stewart sagte:

»Kann ich Ihnen was bringen?«

»Ja, ein Gramm Koks.«

Er lachte höflich, sodass ich fragen musste:

»Sie haben nicht zufällig mit der Bank von Irland zu tun?«

»Kaum. Ich weiß aber, wer Sie sind.«

»Ach ja?«

»Jack Taylor, Ex-Bulle ... Letztes Jahr standen Sie überall in der Zeitung.«

»Stew, könnten wir vielleicht mal mit dem Koks zu Potte kommen?«

Er entschuldigte sich und kam dann mit einem braunen Umschlag zurück. Das Land war von braunen Umschlägen überflutet. Er sagte:

»Das sind anderthalb.«

»Toll, was kostet der Spaß?«

Ein Heidengeld. Als er mich hinausbegleitete, sagte er:

»Schauen Sie jederzeit wieder rein.«

Londoner Verordnung:
»Kein Zigeuner, Hausierer, Bettelmann, Spitzbube oder Vagabund darf die Begräbnisstätte betreten.«

Die Beerdigung war enorm und wahrscheinlich die größte, die ich je gesehen habe. Ich habe Gott weiß einige gesehen. Manchmal komme ich mir vor wie ein alter Friedhof, quelle vor Särgen nur so über. Es gibt nichts, was der Beerdigung eines *tinker* auch nur im Ansatz nahekommt. Fast spottet sie der Beschreibung. Wenn es wahr ist, dass nichts so sehr dem Leben ziemt wie das Verlassen desselben, dann gewinnen die Landfahrer an allen Fronten. Alle Vergleiche – Publikums-Hit, Paradestück, Vergnügungsdampfer – deuten es nicht einmal an. Zuerst muss man wissen, dass Geld keine Rolle spielt. Zweitens wird man fast nirgends eine so überströmende Trauer erleben. Eigentlich sind arabische Frauen Meister in der öffentlichen Kummerzurschaustellung. Bei Landfahrerinnen können sie einpacken. Nicht, dass sie sich die Kleider zerrissen: Sie zerfetzen ihre Seele als solche. Dylan Thomas hätte, als er von der Wut gegen das Sterben des Lichts schrieb, Zeuge der Menschwerdung seiner Worte sein können.

Ich war erleichtert, dass es der Friedhof von Bohermore war, denn niemand von meiner Bande liegt da begraben. Wir werden in Rahoon in der Nähe von Nora Barnacles Liebhaber zur ewigen Ruhe gebettet. Irgendwann muss ich da mal wieder zu Besuch.

Es ist kaum noch gebräuchlich, hinter dem Leichenwagen herzugehen. An jenem Tag aber schon. Sweeper kam herüber und sagte:

»Ich habe für Sie eine Mitfahrgelegenheit.«

»Ich gehe lieber.«

Das freute ihn sehr. Beim Grab gaben mir verschiedene Landfahrer die Hand und klopften mir auf die Schulter. Sie hatten gehört, dass ich okay war. Weder sesshafter Bürger noch *tinker*, war ich gesetzlos genug, um akzeptiert zu werden. Sie sagten:

»Gott segne Sie, Sir, danke für Ihre Mühen. Möge Maria-Seine-Mutter sich um alle kümmern, die Ihnen angehören.«

Einfach so. Artikulierte Wärme. Ich war bekokst genug und spürte keinen Schmerz. Begann, zwischen den Grabsteinen umherzuwandern, und da war er.

Tommy Kennedy
Bibliothekar
1938–1989

Heiland, verhängnisvoll nah an meinem Alter dran. Ich glaube nicht an Omen oder Omina, aber das Koks glaubt an so was. Mich fröstelte unwillkürlich. Hörte Sweeper nicht, der sich von hinten näherte. Er sagte:

»Jack.«

Ich sprang einen halben Meter hoch. Er nickte dem Grabstein zu und sagte:

»Er war meinen Leuten ein Freund.«

»Mir auch.«

»Die Besten gehen zuerst.«

»Umso schlimmer für die Iren.«

Er bedachte mich mit einem Blick fast totalen Mitgefühls. Männern ist das sonst nicht gegeben. Wir zeigen das nicht. Ich wollte mir nicht mal ausmalen, was er von mir hielt. Er sagte:

»Im Hotel ist noch eine kleine Feier.«

»Danke. Ich werde da sein.«

»Das weiß ich, Jack.«

Und weg war er. Ich legte meine zitternde Hand auf den Grabstein. Wenige Männer hatten mich je so freundlich behandelt und mir so viel beigebracht. Ich war nach Templemore gegangen, um mich zum Polizisten ausbilden zu lassen, und hatte ihn komplett vergessen. Zu meiner ewigen Schande war er bereits zwei Jahre tot, bevor ich hörte, dass er gestorben war. Gott mag mir vergeben, das ist Seine Branche. Ich nicht. Der Priester, der den Trauergottesdienst durchführte, war meine alte Nemesis, Fr. Malachy. Er war ein Freund meiner Mutter und konnte mich nicht ausstehen. Er rauchte Majors, die einen kurzen Ruhm erlebten, als Robbie Coltrane sie sich in *Fitz* zu Gemüte führte. Echte Sargnägel, stärker als *poitín*, und doppelt so tödlich. Er war schlecht gealtert, aber welcher Raucher ist das nicht? Malachy kam auf mich zu und sagte:

»Du bist wieder da.«

»Stimmt.«

»Ich würde für eine Fluppe töten.«

»Aufgehört?«

»Gütiger Himmel, nein, ich hab sie in der Sakristei vergessen. Die Ministranten werden sie klauen.«

Ich bot ihm die weiche rote Packung an. Er sah mich forschend an.

»Und wann hast du angefangen?«

»Vergeben Sie mir, Hochwürden, wollen Sie eine oder nicht?«

Er wollte, riss den Filter ab. Ich gab ihm Feuer, er fraß die Lungenzüge in sich hinein und sagte:

»Scheiße.«

»Nette Ausdrucksweise für einen Priester.«

»Ich hasse das.«

»Dann lassen Sie's doch.«

»Nicht das Rauchen ..., Beerdigungen, besonders bei dieser Bande.«

»Sind doch aber bestimmt allesamt Kinder Gottes.«

Er schmiss die Kippe weg und sagte:

»Kesselflicker sind niemandes Kinder.«

Er war weg, bevor ich etwas erwidern konnte.

Es erübrigt sich zu sagen, dass ich als Erster im Hotel war. Wie ein Besserer als ich einst sagte:

»Selbst schuld, wenn sie das Tinkergesocks reinlassen.«

In letzter Zeit hatten die *tinkers* nach Jahren der Diskriminierung zurückgeschlagen und erfolgreich Kneipen verklagt, die ihnen den Zutritt verwehrten. Die Wirte mussten sich neu sortieren. Als jemandem, der in den meisten Etablissements Lokalverbot hatte, blutet mir nicht das Herz. Ich trat an den Tresen. Die Zapfkraft sah aus wie Robbie Williams. Ich konnte nur hoffen, dass er von anderer Wesensart war. Er sagte:

»Guten Tag, Sir. Gehören Sie zur Trauergesellschaft?«

»Ja.«

»Bis vierzehn Uhr dreißig sind die Getränke gratis. Was darf ich Ihnen bringen?«

»Eine *pint* und als Kurzen einen Jameson.«

»Würde der Herr gern an einem Tisch Platz nehmen? Ich serviere dann dort.«

Ich knabberte an den Erdnüssen. Ausgerechnet jetzt dachte ich an zwei Autoren. Tommy Kennedy hatte sie mir nahegebracht. Walter Macken, damals so gut wie jetzt, und Paul Smith. Es gab Zeiten, da hatte ich *Esthers Altar, Die Widerspenstige Jahreszeit* und mein trauriges Lieblingsbuch, *Der Sommer sang in mir,* im Regal. Noch gar nicht lange her, da fand ich seine *Frau vom Land* in einer Bibliothek in Lambeth. Sie ist 1961 erschienen, und für mich schlägt sie spielend sowohl *Strumpet City* als auch *Die Asche meiner Mutter*. Durch Paul Smith habe ich Edna St. Vincent Millay kennengelernt, ein Mega-Bonus. Der Barmensch brachte die Getränke, sagte:

»Sehr zum Wohle.«

»Wie Sie meinen.«

Die *pint* war so fast vollkommen, wie ich sie gewohnt war. Musste Flann O'Brien zustimmen: »... ist ein Porter dein einziger Freund.« Floss über das Koks wie ein Rosenkranz. Als junger Polizist habe ich Eamonn Morrissey in *Der Bruder* gesehen und wollte Jack McGowran in *Warten auf Godot* sehen. Habe mich stattdessen volllaufen lassen. Was für ein Fehler. Nahm einen Schluck vom Jameson, und das war so nah am Himmelreich dran, wie man ihm nur kommen kann. Die Landfahrer begannen einzutrudeln. Sweeper kam herüber und sagte:

»Seien Sie nicht allein.«

»Ist das ein Imperativ? Sagen Sie mir, was haben Sie mit der Hand gemacht?«

»Sie beerdigt.«

Nahm einen strammen Zug vom Getränk. Brannte schweinemäßig, und das war gut. Inzwischen brummte der Laden. Ich sagte:

»Gut besucht.«

»Wir ehren die Unsrigen. Sonst tut es keiner.«

»Sweeper, verstehen Sie mich nicht falsch, aber ich muss wissen, wie ich euch nennen soll.«

»Ich verstehe nicht.«

»Landstreicher, Landfahrer, Kesselflicker, Zigeuner ..., was? Bei *tinkers* ist mir sehr unbehaglich.«

»So nennen sie uns.«

»Das habe ich Sie aber doch nicht gefragt, stimmt's? Wie nenne *ich* euch?«

»Die Clans.«

»He, das ist gut.«

Sein Blick wurde versonnen. Er sagte:

»Wenn nach dem Großen Hunger Clans miteinander in Fehde lagen, brannten sie einander die Behausungen ab, und so wurden wir ›gefeuert‹, das heißt obdachlos und nichtsesshaft.«

Mehrere Stimmen riefen nach ihm, er kehrte jäh in die Gegenwart zurück und sagte:

»Ich muss fort.«

»Fort zu den Clans.«

Er brachte ein kleines Lächeln zuwege. Ich nahm noch ein

Getränk, und mir wurde klar, dass ich mich unter ihnen geborgen fühlte. Ich hätte einen ganzen Fluss saufen können, aber ich musste den Anschein von Fokussierung wahren. Sagte mir:

»Der Fall ist ganz einfach. Ich muss nur herausfinden, wer und warum.«

Ich trank den Whiskey aus und dachte:

»Scheiß doch auf ›wer‹. Ich beschränke mich auf ›warum‹.«

Ich stand auf dem Fair Green. Sieh nach Norden, da war die Simonsgemeinde. Ich war nur noch ein paar Drinks von einem Bett in der Simonsgemeinde entfernt. Falls sie mich nahmen. Hinter mir war das Locken der Clans. Mann, wie es winkte, flehte und rief:

»Komm zurück, mach einen drauf, wir kümmern uns um dich.«

Das würden sie bestimmt, sich kümmern, meine ich. Natürlich ging ich in östlicher Richtung, an mindestens vier Kneipen vorbei, in denen ich, wenn schon nicht willkommen, so doch zumindest geduldet wäre. Besser kann man es gar nicht treffen. Immer, sobald ich eine gewisse Ration Getränk intus habe, kriege ich Kohldampf. Nur auf Pommes in Zeitungspapier, mit reichlich, reichlich Essig, die himmelhoch riechen, der Himmel in genau abgemessenen Dosen.

Echos einer Kindheit, die ich gern gehabt hätte. Als Kind war für mich der größte Trost die Aussicht auf Pommes am Freitagabend. Schule war übers Wochenende nicht, am Sonntag war ein Spiel, und man hatte Sixpence für die Frittenbude. Wenn es endlich so weit war, enttäuschte es fast nie. Man galoppierte zum Pommesstand, stellte sich hinten an und absorbierte das magische Aroma von Frittierfett und Essig. Fast fiel man vor Erwartung in Ohnmacht; dann war man dran und bestellte:

»Einmal zum Mitnehmen mit Salz und Essig.«

Man bekam sie in Zeitungspapier, und sie waren zu heiß zum Essen, deshalb begrub man seine Nase im Geruch. Von allen guten Vorsätzen nahm man sich am dringlichsten vor, als Erwachsener ausschließlich von Pommes zu leben. Einer der vielen Gründe, weshalb ich Fast-Food-Ketten hasse, ist der, dass sie Kindern das Mysterium der Frittenbude rauben. In Bohermore gibt es immer noch eine, die »einmal« verkauft, und da kaufte ich sie mir jetzt. Ich hielt das heiße Paket mit beiden Händen, während ich über die St. Bridget's Terrace ging. Dann bei den neuen Luxus-Apartments über die Straße bis zur Hügelkuppe. Genau über Hidden Valley kann man den Corrib und seine ungeheure Ausdehnung sehen. Nachts funkeln die Lichter des College überall im Wasser, und man bekommt eine Riesensehnsucht, aber wonach? Ich weiß es immer noch nicht.

Beim Haus pflegte ich die altehrwürdige Tradition der verzweifelten Schlüsselsuche. Ich hörte:

»Entschuldigung?«

Drehte mich um, um eine Eisenstange batsch aufs Maul zu kriegen. Spürte, wie meine Zähne mich verließen, hörte eine Stimme sagen:

»In die Gasse mit ihm.«

Die führt neben dem Haus entlang. Ich wurde hingezerrt und bekam dann einen bösartigen Tritt in die Eier. Hoch kamen die Pommes mit Schnaps, und ich hörte:

»Och Scheiße, er hat mich vollgekotzt.«

»Brich ihm die Nase.«

Das machte er, mit der Stange. Dann war es mehr oder weniger vorbei. Ich lag gegen die Mauer zusammengesackt. Eine Stimme neben meinem Ohr:

»Treibst dich gern mit Landstreichern rum, was?«

Dann ein Einatmen, und er trat mir seitlich gegen den Kopf. Ich wurde ohnmächtig. Ich weiß nicht, ob ich Minuten oder Stunden später wieder zu mir kam. Ein älteres Ehepaar ging vorbei, und sie sagte:

»Manche Leute. Skandalös.«

Wenn ich gekonnt hätte, hätte ich gerufen:

»Was erwarten Sie? Ich bin *tinker*.«

Irgendwann schaffte ich es ins Haus, ging zum Waschbecken und spuckte. Zähne und Blut kamen unsortiert. Dann ins Vorderzimmer bis zu einer Flasche Irischem. Setzte sie an.

Der schiere Alkohol zerkratzte mir das zerfetzte Zahnfleisch, schaffte es aber dran vorbei. Mein Anzug war ruiniert, das blaue Hemd in Fetzen. Egal, was die Filme zeigen, man braucht eine ziemliche Kraft, um ein Hemd zu zerreißen. Ich fand meine zerknitterten Lullen und zündete mir eine an. Hielt das schwere Zippo wie einen Talisman. Noch mehr Whiskey, schon viel besser. Nach langer Suche fand ich Sweepers Nummer, brauchte ziemlich ewig, bis ich die richtige Brennweite gefunden hatte, und hörte endlich:

»Hallo?«

»Hier ist Jack, helfen Sie mir.«

Und weg. Als ich diesmal die Augen öffnete, stand ich auf dem Schlauch. Im Bett, Pyjama an, erster Gedanke:

»Oh Scheiße, bitte kein Krankenhaus.«

Wenn es in Krankenhäusern MILES AND MORE gäbe, hätte ich richtig weit verreisen können. Herzkaschperl, eine Gestalt in der Nähe der Tür. Brennweite eingestellt, Geheul im Kopf. Es war Sweeper, auf einem Sessel eingepennt. Ich konnte keinen Kater spüren. Warum nicht? Besorgnis. Sweeper hielt die 9 mm auf dem Schoß. Lieber keine ruckartigen Bewegungen machen. Hüstelte leicht. Er bewegte sich, und ich fragte:

»Wo ist mein Kater?«

Er schüttelte sich, schien überrascht, die Pistole vorzufinden, legte sie auf den Fußboden, sagte:

»Sie sind mit Schmerzmitteln abgefüllt.«

Mein Mund war taub, tat aber nicht weh. Mit taub konnte ich leben. Fragte:

»Wer hat mich ins Bett gebracht?«

Halbes Lächeln, dann:

»Wir haben Sie auf dem Fußboden gefunden. Sie waren in schlechtem Zustand, mein Freund. Haben einen Arzt geholt, und der hat Sie bearbeitet. Das war vor zwei Tagen.«

»Heiland.«

»Die Clans haben Sie in Schichten bewacht. Sie werden natürlich einen Zahnarzt brauchen.«

»Ich brauche Tee.«

Er stand auf, und ich nickte in Richtung Pistole. Er sagte:

»Wenn Sie die getragen hätten, wären Sie nicht zahnlos.«

»Ich habe Pommes getragen. Wenn ich die Pistole getragen hätte, hätten die mich gezwungen, sie zu fressen.«

»Haben die Sie überrascht?«

»Die haben mich sogar verblüfft.«

Er ging, um sich an die Bereitung des Tees zu machen, und ich stieg vorsichtig aus dem Bett. Benommen, aber funktionsfähig bewegte ich mich langsam dem Badezimmer entgegen und mied dabei den Spiegel. Ich war noch nie ein Ölgemälde, aber ohne Zähne war ich komplett der Hässlichkeit anheimgegeben. Sagte mir:

»Verleiht dem Gesicht Charakter.«

Klar. Das und eine 9 mm, dann werde ich vielleicht nicht mehr verhauen. Als ich schließlich nach unten kam, hatte ich ein Uni-Galway-Sweatshirt und verwaschene 501er an. Meine Eier waren grün und blau und geschwollen. Gelang mir, etwas lauwarmen Tee zu trinken, ließ den Toast aus. Sweeper reichte mir ein paar rotgrüne Kapseln und sagte:

»Halten die Schmerzen auf Distanz.«

Ich dachte an Koks, aber mit gebrochener Nase? Er sagte:

»Ich habe das Kokain entfernt, falls die Polizei kommt.«

Als ich nicht antwortete, sagte er:

»Die Tiernans.«

»Was?«

»Brüder, die Burschen, die Sie vermöbelt haben. Sie hassen Landfahrer. Jetzt sind sie untergetaucht, aber wenn sie wiederauftauchen …, dann sag ich Ihnen Bescheid.«

Das Ende, soweit es erkennbar war,
War eine Konversation; höflich, kultiviert,
Beinah banal; man trank Kaffee mit Milch
Ohne Zucker. So trank man ihn
Für gewöhnlich. Nichts Seltsames dran.
Ich trank aber Tee ...
Das war ungewohnt;
Passend für einen Aufruhr.

Jeff O'Connell

Außer einem Zahnarztbesuch wagte ich die nächsten paar Wochen nicht viel. Blieb zu Hause, blieb halb besoffen. Der Zahnarzt machte:

»Argh …«

Das war nicht gut. Er fragte:

»Was ist passiert?«

»Gedränge beim Rugby.«

Er sah mich *so* an, ließ es mir aber durchgehen. Anderthalb Stunden auf dem Stuhl, während er abscheuliche Dinge tat. Mein Mund war so voller Instrumente, dass ich damit einen Heimwerker-Zahnarzt hätte ausrüsten können. Als wir eine Pause machten, sagte ich:

»Sagen Sie mir nichts über die Prozedur.«

»Ich habe die meisten Fragmente entfernt und …«

»Bitte, Doc …, Sie können mir glauben. Ich will's echt nicht wissen.«

Wieder auf dem Stuhl, weitere Ausgrabungen. Schließlich machte er die Abdrücke, sagte:

»In vierzehn Tagen müsste ich die neuen einsetzen können.«

»Können Sie solange nicht was Provisorisches einbauen?«

Er schüttelte den Kopf und sagte:

»Sie können mir glauben, wenn die örtliche Betäubung nachlässt, wird Ihre Zunge für Sie bereits eine Zunge zu viel sein.«

Als ich mich zum Gehen anschickte, fragte er:

»Sind Sie krankenversichert?«

»Nein, und Zähne habe ich auch nicht: der irische Mann in all seinem Glanz.«

»Na, immerhin haben Sie sich Ihren Humor bewahrt. Ich glaube, Sie werden ihn gebrauchen können.«

»Danke, Doc. Es war mir ein Vergnügen, würde ich jetzt gern sagen können.«

»Ich würde es mit dem Rugby ein bisschen langsamer angehen lassen.«

Bei meinem letzten Fall hatte ich mit einem Polizisten namens Brendan Flood zu tun gehabt. Er hatte mich übelst unter die Füße genommen und mir die Finger der linken Hand gebrochen. Das war das erste Mal, dass ich ihn traf. Dann trat die Religion in sein Leben, und er lief mit fliegenden Fahnen zu Gott über. Löste dann tatsächlich den Fall und brachte mich dazu, meinen besten Freund umzubringen. Eine farbenfrohe Bekanntschaft, kann man sagen. Ich hatte seine Telefonnummer aufbewahrt und rief ihn an jenem Abend an.

»Hallo?«

»Brendan, hier ist Jack Taylor.«

Lange Pause, dann tiefes Einatmen.

»Sie sind wieder da.«

»Bin ich.«

»Ihr Freund wurde nie gefunden.«

»Nein, nein, wurde er nicht.«

»Was kann ich für Sie tun, Jack?«

»Ihre Informationen waren schon mal Gold wert. Ob ich Sie wohl noch einmal dazu bewegen könnte, mir eine zu geben?«

»Solang es im Sinne des Herrn ist.«

»Immer noch fest im Glauben, was?«

»Ja, Jack, der Herr glaubt auch an Sie.«

»Freut mich zu hören.«

Ich berichtete ihm von den Kesselflickermorden. Er fragte:

»Die Polizei geht der Sache nicht nach?«

»Deshalb rufe ich Sie ja an. Können Sie helfen?«

»Geben Sie mir Ihre Nummer, ich höre mich um.«

»Toll, aber seien Sie diskret.«

»Ich habe mich für den Herrn entschieden, und der Herr quatscht nicht.«

Klick.

Ich trank Robin Redbreast. Mann, das waren die Fünfziger pur. Mein Vater trank immer ein Gläschen zu seiner Scheibe Weihnachtskuchen. Wenn meine Mutter ihn buk, machte sie einen solchen Wirbel, dass man jede Hilfe brauchte, die man kriegen konnte. Er war ein guter Mann. Meine Mutter ist das fleischgewordene Konzept miese Zicke, damals wie heute. Ich hatte über ein Jahr keinen Mucks von ihr gehört. Vielleicht war sie tot. An mir liebte sie das eine, worauf immer Verlass war: mein Versagen. Solche Söhne machen langlebig. Die Frau war für das Martyrium geboren, aber nur mit Publikum. Möglichst mit zahlendem. Mein Rausschmiss bei der Polizei, mein Gesaufe, mein Leben als Blindgänger: mehr konnte sie sich gar nicht wünschen. Und ich war auf dem Gebiet kaum zu schlagen. Scheiße, was brachte das? Nahm den Hörer, rief Kiki an. Diese Nummer konnte ich auswendig.

»Hier ist Jack.«

»Jack, wie geht es dir? Warum hast du nicht angerufen? Wann kann ich kommen?«

»Nuuuuuun mach mal langsam, es geht mir gut, und … du fehlst mir.«

»Also kann ich kommen?«

»Natürlich, aber gib mir noch zwei Wochen.«

»Warum, Jack?«

»Kosmetische Gründe.«

»Das verstehe ich nicht.«

»Hör zu, gute Nachricht, ich habe ein Haus und einen Job.«

»Aber Jack, du weißt doch, dass ich meinen eigenen Freiraum brauche.«

Ich wollte rufen:

»Wenn du deinen eigenen Freiraum brauchst, warum willst du dann, Scheiße noch eins, nach Irland kommen?«

Blieb aber dran und sagte:

»Bleib ein paar Tage hier, bis du dich akklimatisiert hast.«

»Irland ist so anders?«

»Glaub mir, nach fünfzig Jahren muss ich mich immer noch gewöhnen.«

»Ich kann in zwei Wochen kommen?«

»Absolut.«

»Und, Jack, liebst du mich?«

»Sowieso.«

»Ich liebe dich auch.«

Legte auf und begrübelte das Gespräch. Nein, ich liebte sie nicht. Schob es auf den Robin Redbreast.

Am Morgen mit den neuen Zähnen war ich das Inbild des glücklichen Privatermittlers. Kennen Sie noch Dire Straits? Denen ging es richtig gut, sie machten ihren Riemen, zogen die Durchblicker wie die Spießer gleichermaßen. Dann gab Lady Di bekannt, sie seien ihre Lieblingsband, und peng. *Sayonara*, ihr Dödels. Jetzt werden sie mit Duran Duran in einem Atemzug genannt, und von dort gibt es kein Comeback. »Money for Nothing« klang genauso, wie es war –, selbstgefällig. Wie viele Rockstars machte Mark Knopfler einen auf demütig und gründete die Notting Hill Billies. Ja, wir sind ganz normale Typen. Die Gruppe ging den ganz normalen Bach runter. All dies triviale Faktenwissen rief ich ab, um mich davon abzulenken, wie der Zahnarzt mir die neuen Backenzähne einpasste. Er sagte:

»Es wird ein bisschen dauern, bis Sie sich dran gewöhnt haben.«

»Wie an das neue Irland.«

Er lächelte und nannte mir die Kosten. Ich machte:

»Oha, könnte ich sie nicht erst mal nur mieten, was meinen Sie?«

Das meinte er nicht.

Die ganze Shop Street entlang lächelte ich, damit meine neuen Zähne mal an die Luft kamen. Ich hörte, wie ein Penner sagte:

»Der Nichtsnutz hat geistige Getränke zu sich genommen.«

Wäre fast bei Grogan's gelandet, meiner ehemaligen Lieblingskneipe. Sean, dem grummeligen Besitzer, hatte der Hauptanteil meines Herzens gehört. Auch er war ermordet worden, und auch das war meine Schuld gewesen. Mein Lächeln bekam eine Delle. Als ich nach Hidden Valley kam, wartete Sweeper am Küchentisch. Ich sagte:

»Nur keine Umstände, kommen und gehen Sie, wie es Ihnen behagt, rufen Sie bloß nicht vorher an.«

Seine Mundwinkel hingen erdenschwer nach unten, und er sagte:

»Zähne, was?«

Ich gab ihm das volle Neon. Er nickte, fragte:

»Was machen die Eier?«

»Die Schwellung ist weg.«

Kopfschütteln, dann:

»Ich meinte nicht die eigentliche Garnitur.«

»Ah, Sie haben es metaphorisch gemeint. Geben Sie mir mein Koks zurück, dann nehme ich es mit Legionen auf.«

»Nur zwei, die Tiernans; sie sind wiederaufgetaucht.«

Mir wurde eng im Unterbauch. Er griff in eine Tasche seines Anzugs. Er trug immer dunklen Anzug, weißes Hemd. Meistens wirkte er mehr wie griechischer Kellner als wie Landfahrer. Er holte einen kleinen Lederbeutel hervor. Mit Lederriemen für um den Hals. Ich fragte:

»Warum immer diese Anzüge? Sie haben doch eigentlich gar keinen Bürojob.«

Trauriges Lächeln:

»Ich muss respektabel bleiben. Sie erwarten, dass wir wie die

Landstreicher herumlaufen, aber ich strafe ihre Erwartungen Lügen.«

»Okay, aber wollen Sie nicht manchmal einfach zurückschlagen und sich ein bisschen gehen lassen?«

Er wischte diesen Unsinn mit einer Handbewegung beiseite, klopfte leicht auf den Beutel und sagte:

»Machen Sie ihn auf.«

»Das könnte Ihnen so passen. Wie ich Sie kenne, ist ein Schrumpfkopf drin.«

Jetzt lachte er endlich und sagte:

»Sie sind nah dran.«

Er drehte den Beutel um und schüttelte ihn. Vier blutbefleckte Zähne kullerten auf den Tisch. Ich machte:

»Ach du Scheiße.«

»Falls Sie Motivation für die Brüder brauchen.«

Er sammelte die Zähne in die hohle Hand, verwahrte sie wieder im Beutel und überreichte ihn mir. Widerstrebend fummelte ich mir den Riemen über den Kopf, steckte mir das Ding unters Hemd und sagte:

»Jetzt bin ich Brando, *Apocalypse Now*.«

Er stand auf, sagte:

»Ich hole Sie um sieben ab. Nehmen Sie die Waffe mit.«

»Was ziehe ich an, was trägt man denn zum Racheakt?«

Er überlegte, dann:

»Etwas Kaltes.«

Zur Mittagessenszeit bekam ich Paketpost. Kein Stempel, keine Briefmarke, machte es auf. Das Koks. Ich sagte laut:

»Gut gemacht, Sweeper.«

Legte eine Linie. Meine Nase heilte, tat aber immer noch weh wie sonst was. Schaffte drei Portionen. Nach zweieinhalb Wochen Ruhe im Objekt haute das Zeug rein wie der Donner. Gott sei Dank. Mein Zahnfleisch gefror, und ich spürte dies eisige Kribbeln im Hals, dann gefror mir auch das Hirn. Jetzt konnte ich einen Blick in den Spiegel wagen. Gar nicht gut. Die Nase war nach links abgekippt. Vielleicht wurde sie bei der nächsten Fraktur gerade gerückt. Es würde eine nächste geben, es gab immer eine nächste. Tiefe blaue Schatten unter den Augen, wie Accessoires zu einer Polizeiuniform. Neue Furchen um die Mundwinkel. *Wie* alt wurde ich verdammtescheißenochmal genau? Nicht alt genug, um je George Michael zu mögen. Ließ das Lächeln aufblitzen, massiv. Ein 100-Watt-Leuchtfeuer in der Ödnis. Vielleicht sollten meine Zähne alleine ausgehen. Ein Reklameliedchen aus meiner Kindheit:

»Das Weiße schön vom Grauen trennt, / Wer Zähne putzt mit Pepsodent.«

Ah.

Das Koks kurbelte heftig. Ich musste vor die Tür. Mein zwanzig Jahre / altes Lächeln im Gesicht / eines Fünfzigjährigen. Astreines Haiku, es war definitiv eine Schande. Zog mir ein weißes Hemd, Hose und die Norwegertreter an. Als Nächstes das Londoner Leder, und ich war der älteste Swinger in der Stadt. Der Lederbeutel wuppte gegen meinen Brustkorb wie ganz böse Medizin. Ich kam hinaus ins Licht und konnte nicht glauben, dass die Sonne schien. Keine Wärme, aber die konnte ich vortäuschen. Ein Nachbar sagte:

»Wir haben das Rückspiel verloren.«

»Tatsache?«

»Diese Schweine aus Kerry sind nicht zu schlagen.«

»Vielleicht nächstes Jahr.«

»Vielleicht Scheiße.«

Ein Nachbar nach meinem Geschmack. Ich ging zu Zhivago Records. Declan blickte auf, sagte:

»Du bist wieder da.«

»Exorbitant treffend bemerkt.«

»Ex was?«

»Egal. Ich brauche den King.«

»Elvis?«

»Gibt es noch einen?«

»Greatest Hits?«

»Exakt.«

»CD?«

»Declan, es liegt mir denkbar fern, dir sagen zu wollen, wie du deine Geschäfte zu führen hast, aber wenn der Kunde über vierzig ist, kauft er keine CDs.«

»Du musst mal digital werden.«

»Ich muss mal ordentlich GV haben. Kann ich jetzt vielleicht die Platte kriegen?«

»Mensch, Jack, du bist ein empfindlicher Schweinehund. Was ist mit deiner Nase passiert?«

»Ich habe jemandem gesagt, er muss mal digital werden.«

Er ließ mir ein paar Pfund nach, weshalb ich ihm weitgehend verzieh.

Ich wusste, ich sollte den Friedhof besuchen, so lange wieder da und kein einziger Besuch. Fühlte ich mich schuldig? Oh Gott, ja. Schuldig genug hinzugehen? Nicht ganz.

Traf einen irischen Rumänen namens Chaz. Früher war er Vollrumäne gewesen, aber jetzt markierte er den Eingeborenen. Er fragte:

»Lust auf 'ne *pint?*«

»Klar.«

Wir gingen zu Garavan's. Unverändert und unverdorben. Ich wählte einen Eckplatz, und Chaz holte die Runde. Ich holte meine Lullen heraus und steckte mir eine an. Chaz kam mit den *pints*, sagte:

»*Sláinte.*«

»Meinetwegen.«

Er bediente sich aus der Marlboropackung und benutzte das Zippo. Er untersuchte es, sagte:

»Das ist gehämmertes Silber.«

»Und?«

»Das hat ein Zigeuner gemacht.«

»Da hast du recht.«

»Verkauf mir das Teil.«

»Es ist eine Leihgabe.«

»Dann leih es mir.«

»Nein.«

Die *pints* gingen tadellos runter, und ich orderte einen frischen Schub. Ich betrachtete Chaz genauer; er trug einen Pullover von den Aran-Inseln und Militärklamotten. Ich fragte:

»Wie läuft's?«

»Ich hoffe auf ein Stipendium vom Arts Council.«

»Wofür?«

»Weiß ich noch nicht, aber mir wird schon was einfallen.«

»Dann kann's ja gar nicht schiefgehen.«

»Weißt du, Jack, in Irland mögen die Leute die Rumänen nicht.«

»Betrübt mich, das zu hören.«

»Aber in Galway ist es anders.«

»Wie schön.«

»Nein, in Galway hassen sie uns.«

»Aha.«

»Leih mir einen Fünfer, Jack.«

Das tat ich. Sagte: »Bis dann mal«, und machte mich davon. Stieß batsch mit meiner Mutter zusammen. Sie sah über mich hinweg, und über mir stand Kneipe. Kaum ein Heiligenschein. Ihre Haut war, wie immer, faltenfrei, als hätte das Leben sie nie berührt. Nonnen haben den gleichen Deal. Estée Lauder, bitte notieren: Tun Sie sich mal bei den Nonnen um. Die Augen, man sieht meiner Mutter in die Augen, und man sieht die Arktis, eisblau. Immer dieselbe Botschaft:

»Dich werde ich beerdigen.«

Sie sagte:

»Sohn.«

Mir meines Guinness-Atems, meiner gebrochenen Nase wohl bewusst, sagte ich:

»Wie geht es dir?«

»Du bist wieder da.«

»Das ist richtig.«

Dann Schweigen. Bei so was blühen sie auf. Da ich mit dem Spiel groß geworden war und zwei Guinness verputzt hatte, konnte ich mitspielen. Wartete. Sie gab nach. Sagte:

»Ich könnte dich zu einer Tasse Tee einladen.«

»Ich glaube nicht.«

»Ins GBC, die machen herrliche Scones.«

»Heute nicht.«

»Ans Schreiben hast du wohl gar nicht gedacht?«

Selbe alte Leier, winsle weiter. Ich sagte:

»Doch, ans Schreiben habe ich gedacht. Nur nicht gerade dir.«

Kam voll an. Sie seufzte. Wenn es da was Olympisches gäbe, würde sie spielend gewinnen. Und die ganze Zeit hetzten die Menschen vorbei und beachteten uns nicht. Ich sagte:

»Ich muss los.«

»Mehr hast du nicht für deine eigene Mutter übrig?«

»Doch. Das hier.«

Riss mir den Beutel vom Hals, legte ihn ihr in die Hand. Ich wollte noch sagen:

»Das kannst du neben das Herz meines Vaters legen.«

Warum des Guten zu viel tun?

»Der Sommer sang in mir.«
Edna St. Vincent Millay

Sweeper holte mich rechtzeitig ab. In einem weißen Van, makellos sauber. Ich setzte mich auf den Beifahrersitz, vier junge Männer hinten im schwarzen Trainingsanzug. Ich sagte:

»'n Abend, Jungs.«

Sie sagten nichts. Sweeper legte einen Gang ein, fädelte sich in den spätabendlichen Verkehr. Ich sagte:

»Ich habe Ihnen ein Geschenk mitgebracht.«

Er war gründlich überrascht, machte:

»Was?«

Ich reichte ihm das Paket. Er packte, ein Auge auf der Straße, aus und sagte:

»Elvis Presley!«

»Wie Sie ist er der Boss.«

Chor amüsierter Zustimmung von hinten. Bei der Nile Lodge bog er ab. Er sagte:

»Sie wohnen in Taylor's Hill.«

»Da müssen sie ein paar Moppen haben.«

Er sah mich an, fragte:

»Nicht verwandt oder verschwägert?«

»Was?«

»*Taylor's* Hill.«

Ich schüttelte den Kopf, sagte:

»Ich bin von der falschen Seite der Eisenbahnschienen.«

Das ließ er sich durch den Kopf gehen und fragte dann:

»Bereit?«

»Wofür?«

»Zu tun, wie Ihnen geheißen.«

»Mmmmmmmmm, das war schon immer ein Problem.«

»Versuchen Sie's.«

»Na, versucht hab ich's schon immer, weiß Gott.«

Im stillen Abschnitt des Hügels, nicht weit von der Threadneedle Road, hielten wir an und fuhren dann in eine Parkbucht.

Sweeper nickte, und die Jungs glitten hinaus wie Phantome. Ich fragte:

»Die Tiernans, gehört denen das Haus oder was?«

Er lächelte grimmig.

»Geerbt, die haben beide nicht geheiratet. Die lassen sich Videos, Essen vom Inder und Bier kommen und feiern. Ohne Frauen. Die Dräne des irischen Männervolks, Junggesellen und stolz darauf.«

Ich sagte:

»Sie sind doch verheiratet, oder?«

»Ja, und ich habe kleine Kinder, aber wir wollen jetzt nicht über Familie sprechen.«

»Okay.«

»Wenn das Licht aufblinkt, gehen wir.«

»Eine letzte Frage.«

»Was?«

»Warum werden Sie Sweeper genannt?«

»Wir kehren Kamine.«

»Äh, und wo wir gerade so nett sprechen, was machen die Jungs?«

»Das sind zwei Fragen.«

»Sie zählen mit?«

»Die Jungs bereiten den Weg.«

»Verstehe.«

»Das kommt noch.«

Das Licht blinkte auf. Ich hatte die 9 mm hinten im Hosenbund, wie in den besten Filmen. Mensch, ich wusste nicht einmal, ob sie geladen war. Fand nicht, dass es jetzt angebracht war zu fragen. Das Haus war nachgemachter Tudor-Stil, quadratkilometerweise verdeckte Efeu die Hausfront. Die Tür wurde geöffnet, und ich folgte Sweeper.

Einen Korridor entlang, der mit Ersatzteilen, Fahrrädern und ausgebauten Motoren vollgemüllt war. In ein großes Wohnzimmer. Die Jungs hatten die Kontrolle übernommen. Zwei saßen auf einem dicken Typ auf dem Fußboden. Eine magerere Version saß auf einem Sessel, ein Messer an der Kehle. Beide Männer trugen Shorts und Unterhemden. Sweeper sagte:

»Der Dicke auf dem Fußboden ist Charlie; der andere, das Gehirn, ist Fergal.«

Als er seinen Namen hörte, lächelte Fergal. Auf seiner Backe bildete sich bereits ein Bluterguss. Er spuckte aus und sagte:

»Taylor, du dumme Fotze.«

Der Junge auf seiner linken Seite haute ihm die Faust aufs Ohr. Brachte ihn ins Wanken, aber der Trotz blieb. Ich sagte:

»Jungs, macht Platz.«

Sie sahen Sweeper an, und Sweeper nickte. Ich nahm die 9 mm heraus, ging hin, fragte:

»Fergal, stimmt's?«

»Arschkrampe.«

»Aber, Ferg, was sind denn das für Ausdrücke?«

Er hatte wieder Oberwasser, sagte:

»Genau diese Kanone ramme ich dir in den Arsch.«

Charlie auf dem Fußboden lachte meckernd und rief trotz blutiger Fresse:

»Sag's ihm, Fergal.«

Ermutigt brüllte Fergal:

»Was willst du machen, du Volltrottel?«

Ich sagte:

»Zuerst dies ...«

Ich drehte mich um und schoss Charlie ins Knie, fuhr dann fort:

»... und dann kastrier ich dich.«

Charlie schrie auf, und ich sagte:

»Knebelt ihn.«

Fergal hatte Angst, Schweiß blendete ihn. Ich sagte:

»Sieh genau hin.«

Steckte den Lauf gegen seine Eier, fragte:

»War noch was?«

»Oh Heiland, Taylor ... Bitte ... Es ist uns aus dem Ruder gelaufen ... Es tut uns leid.«

Ich sagte:

»Ihr schuldet mir noch was für eine Garnitur Zähne.«

»Klar, kein Problem. Heiland, alles, was du willst. Wenn du Videos magst, wir haben erstklassige Filme.«

»Ich will deine Zähne.«

Knallte ihm den Lauf in den Mund, bückte mich und sagte:

»Ich will nie wieder was von euch hören.«

Er nickte und hielt sich den Mund. Ich wandte mich an Sweeper, sagte:

»Ich bin hier fertig.«

Im Van versuchte ich, mir eine Lulle anzuzünden. Konnte nicht. Sweeper machte es, steckte mir den Filter in den Mund. Er legte den Gang ein, und wir fuhren langsam weg. Nach einer gewissen Zeit sagte Sweeper:

»Ich dachte, Sie machen es, schießen ihm die Eier ab.«

Ich nahm einen langen Zug, sagte:

»Ich auch.«

Leises Gelächter von hinten. Ich hätte diesen Jungs mehr Aufmerksamkeit schenken sollen. Die Tatsache, dass ich es nicht tat, sollte mich noch kosten, auf eine Weise, die ich mir nie hätte vorstellen können.

Kiki kam an einem nassen Nachmittag. Ich fuhr mit dem Taxi zum Flughafen, um sie abzuholen. Der Fahrer sagte:

»Bei den Paralympics sind Doping-Tests positiv ausgefallen.«

Man soll Taxifahrer nicht ermuntern. Selbst der unverbindlichste Grunzer wird interpretiert als:

»Sie sind so faszinierend, bitte, teilen Sie mir unverzüglich Ihre Meinung zu allem und jedem mit, und lassen Sie mich auf gar keinen Fall zu Wort kommen.«

Schon war er auf dem besten Wege.

»Bei den normalen Olympischen Spielen, gut, da erwartet man, dass gemogelt wird. Aber die Krüppel und so, da sollte man doch wirklich meinen, dass da der Anstand waltet, hab ich recht?«

Als Nächstes wurde durchgenommen, wessen Schuld es war. Er fragte:

»Wissen Sie, wer Schuld hat?«

»Keine Ahnung.«

»Die Araber.«

»Ach.«

»Die vergiften das Wasser.«

Als wir nach Carnmore kamen, fragte ich:

»Können Sie warten?«

»Klar. Soll ich mit reinkommen, Ihnen auf einen kleinen Tee Gesellschaft leisten?«

»Nein.«

Als Kiki von ihrem Flugsteig kam, spielte mein Herz einen Mollakkord. Keine wilde Hingabe, eher ein entfernter Verwandter. Sie sah umwerfend aus. Marinejacke, verwaschene blaue Cordhose. Ich sagte:

»Du siehst umwerfend aus.«

Umarmte mich, kompletter Kuss, sagte:

»Jack, du errötest.«

»Das ist Verlegenheit.«

Kriegte ihre Taschen, und zu meiner Erleichterung waren sie klein. Plante keinen langen Trip. Als wir ins Taxi stiegen, sagte ich:

»Erwähne keinen Sport.«

Beim Anfahren sagte der Fahrer:

»Bei den Paralympics ...«

In Hidden Valley sagte der Nachbar, als ich die Taschen aus dem Taxi zog:

»Schuft.«

Die Engländer würden vielleicht »Schlingel« sagen, aber das hat nicht annähernd den Geschmack.

Sie liebte das Haus. Ich besorgte was zu trinken, sagte:

»*Sláinte.*«

»Ach, ich mag das Wort. Ich mag dich. Was ist mit deiner Nase, deinen Zähnen passiert?«

»Ein Missverständnis.«

»Hast du Schwierigkeiten, Jack?«

»Natürlich nicht.«

Wir gingen ins Bett. Ich wünschte, ich könnte sagen, ich hätte sie entzückt. Ich habe sie nicht entzückt. Sie sagte:

»Was ist denn verkehrt, Jack?«

»Nichts, ich bin dich nur nicht mehr gewohnt.«

»Vielleicht der Alkohol, das Kokain, dass du überfallen wurdest.«

»Nein ... Mensch, in ein paar Tagen geht es mir wieder besser, du wirst es sehen.«

Wir glaubten es beide nicht. Am Abend sagte ich:

»Komm, wir besuchen ein paar Freunde.«

Wir gingen zu Nestor's. Der Wachposten ignorierte uns. Jeff schob Tresendienst. Ich sagte:

»Jeff, das ist Kiki, eine Freundin aus London.«

Sie blitzte mich an. Jeff rief nach Cathy und fragte:

»Kann ich einen irischen Willkommenstrunk servieren?«

»Ein kleines Guinness.«

»Ich nehme eine *pint*, Jeff.«

Cathy erschien, Neugier schrie aus ihrer Miene. Ihre Schwangerschaft war sehr weit gediehen, und sie stieg mit Kiki in ein gutes Frauengespräch ein. Wir saßen auf Hockern, Cathy mit Jeff hinterm Tresen, als Cathy fragte:

»Na, Jack, weshalb hast du uns diese Traumfrau verheimlicht?«

Kiki sah mich an und fragte dann Cathy:

»Jack hat es euch nicht gesagt?«

»Nein, nichts.«

»Ich bin Jacks Frau.«

Sogar der Wachposten machte:

»Was?«

Jeff erholte sich zuerst und ging eine Flasche Sekt holen. Cathy blieb fassungslos. Kiki sagte:

»Ich gehe.«

Ich folgte ihr nach draußen und sagte:

»Aber jetzt bereiten sie doch eine Feier vor.«

»Ich werde Schlüssel brauchen, Jack.«

Ich überreichte ihr die Zweitschlüssel, die ich ihr später hatte geben wollen. Sie fragte:

»Welche Adresse soll ich sagen?«

Ich sagte es ihr, und sie winkte ein Taxi heran. Halb hoffte ich, es wäre der olympische Typ. Dann war sie weg. In der Kneipe standen alle herum und warteten. Ich sagte:

»Stell den Sekt lieber wieder kalt.«

Der Wachposten sagte:

»Ihr erster Ehekrach.«

Cathy fügte hinzu:

»Glaub ich nicht.«

Ich bestellte einen großen Jameson, setzte mich auf meinen harten Stuhl. Cathy brachte das Getränk, fragte:

»Kann ich mich dazusetzen?«

»Sowieso.«

Ich brachte eine Fluppe in Stellung, umkreiste mein Getränk. Cathy fragte:

»Ist Whiskey eine gute Idee?«

»Ist die Ehe eine?«

»Himmel noch mal, Jack, wieso hast du nie was gesagt?«

»Ich weiß es nicht. Ich glaube, ich dachte, das hätte nur was mit London zu tun. Weißt du, nach Hause kommen, raus aus dem Wohnschlafzimmer.«

»Aber, mein Gott ... Ich meine ... Hast du sie geliebt ... Oder was?«

»Ich war da drüben ein bisschen wahnsinnig.«

»Wie anders plötzlich alles ist.«

»Ja ... Ja ... Ich hatte jedenfalls gedacht, ich würde dadurch ruhiger. Sie ist promovierte Metaphysikerin.«

»Soll ich damit was anfangen können? Ich kann es nicht mal aussprechen.«

»Metaphysik ist das Studium des Seins.«

»Na, da weiß ich doch gleich gründlich Bescheid, Jack.«

»Ich dachte, sie könnte mir in die Seele sehen, irgendeine Erlösung sehen.«

Cathy stand auf und sagte:

»Das Baby tritt. Ich muss mich hinlegen. Du wirst mit dem Koks aufhören müssen, das ist dir klar, oder?«

»Klar.«

Ein bisschen später kam ein Mann herein, sah sich um, sah mich, kam herüber. Er kam mir bekannt vor, aber das war's auch schon. Er sagte:

»Jack.«

»Ja?«

»Ich bin Brendan Flood.«

»Natürlich. Ich bin frisch verheiratet; das hat mich offensichtlich ein bisschen aufgewühlt. Ein Getränk?«

»Ein Mineral, bitte.«

Das war also abgehakt. Immerhin wollte er keinen Strohhalm. Er war schlecht gealtert. Trug eine gefütterte Jacke mit vorschriftsmäßigen Lederflicken an den Ärmeln. Knöpfte die Jacke auf, und ein schweres Silberkreuz war zu sehen. Ich sagte:

»Ich habe ein Feuerzeug vom selben Flöz.«

Er schüttelte den Kopf, sagte:

»Wohl dem, der nicht sitzt, da die Spötter sitzen.«

»Schuldigung.«

»Für Reue ist es nicht zu spät.«

»Würde es helfen, wenn ich was von Metaphysik verstünde?«

»Ich spreche vom Glauben, Jack, von Gottvertrauen. Wissen ist das Werkzeug Satans.«

»Wie haben Sie mich gefunden?«

Endlich eine leichte Entspannung. Er sagte:

»Wir waren Polizisten, Jack.«

Ich bestellte ein weiteres Getränk, und Brendan sagte:

»Beim Tod dieser unglückseligen Männer gibt es in der Tat ein Muster.«

»Fahren Sie fort.«

»Alle wurden nackt aufgefunden; bis zu einem gewissen Grad wurden sie alle grausam verstümmelt. Und jeder war Ende zwanzig, keiner älter als dreißig.«

»Sonst noch was?«

»Die Polizei geht von einer Familienfehde aus.«

»Was meinen Sie, Brendan?«

Er nippte an seinem Mineral. Falls es ihm schmeckte, so ließ er es sich nicht anmerken. Er sagte:

»Ich glaube, jemand verfolgt und tötet systematisch junge Landfahrer.«

»Ogottogott.«

»Missbrauchen Sie nicht den Namen des Herrn. Sie möchten vielleicht mit Ronald Bryson sprechen.«

»Wer ist das?«

»Ein englischer Sozialarbeiter in der Simonsgemeinde. Sie unterhält eine Unterkunft am Fair Green. Alle Leichen wurden in unmittelbarer Nähe aufgefunden.«

Ich steckte die Hand in die Tasche, holte einen kleinen Goldbarren heraus und legte ihn neben sein Getränk. Er fragte:

»Was ist das?«

»Für Ihren Zeitaufwand, Ihre Hilfe.«

Er betrachtete ihn, steckte ihn dann ein und sagte:

»Ich werde es für die Missionsarbeit spenden.«

»Haben Sie keine Familie?«

»Gott ist meine Familie.«

Er stand auf, sagte:

»So. Eine Gratulation ist angebracht.«

»Was?«

»Sie haben jetzt eine Frau.«

»Nein, das war ein Gerücht, das sich als Tatsache maskiert hat.«

»Gott möge gut auf Sie aufpassen, Jack.«

Später, viel später, sagte Jeff:

»Du gehst jetzt besser nach Hause, Jack.«

»Ich will nicht nach Hause. Ich will hierbleiben.«

»Du hast eine Frau, geh nach Hause. Ich glaube, Cathy ist ganz bald mit dem Baby dran. Ich brauche etwas Schlaf.«

»Gut, ruf mich an, wenn es so weit ist.«

»Klar.«

»Versprich's.«

»Versprochen. Jetzt hau ab.«

Als ich zu meiner Haustür kam, prüfte ich, ob irgendwo Tiernans waren. Nein, keine Krieger. Wankte hinein, sagte:

»Kiki, noch wach?«

Kämpfte mich bis zur Küche durch, sah auf die Uhr. Halb vier morgens. Wie war das geschehen? Dachte:

»Ich zieh mir eine Linie Koks rein, macht den Kopf schön klar, und dann wollen wir mal sehen, ob Kiki Bock auf einen kleinen ernsthaften Geschlechtsverkehr hat.«

Ich lächelte; dies war ein guter Plan. Kiki würde erfahren, dass ich ein Hengst sein konnte. Wenn ich erst mal anfing, hielt ich so lange durch wie Sting. Am Teekessel lehnte ein Zettel. Daneben waren die Kugeln aus der 9 mm. Sie glänzten, als wären sie poliert worden. Vor der Lektüre des Zettels, beschloss ich, würde mir ein wenig Koks bestimmt nicht schaden. Im Kühlschrank verwahrt, zwischen Flora soft und fettarmem Joghurt, damit es schön kalt blieb. Zog die Linie, eine dickere als geplant, und schnupfte. Haute mich gegen die Wand, fühlte sich an, als hätte es mir ein Loch in den Wanst gebrannt. Ich machte:

»Fuuu. Oh.«

Dann:

»Hoppla, leise da unten, hier versuchen Leute zu schlafen.«

Mein Hirn peilte sich wieder ein. Auf Zehenspitzen ging ich zum Zettel ... Konnte ihn vielleicht überlisten. Auf dem Zettel stand:

Jack,

Nicht einmal »Lieber Jack«. Das ließ nichts Gutes ahnen. Las weiter.

Ich bin in ein Hotel gegangen. Morgen fliege ich zurück nach London. Du Schweinehund, Du hast mich gedemütigt, und ich liebe Dich immer noch. Ich will Dich nicht sehen. Ich habe die Waffe gefunden, als ich ein Waschmittel suchte. Du machst mir solche Angst. Mein Geschenk für Dich habe ich auf unserem ... nein ... Deinem Bett gelassen.

Kiki

Ich sagte:

»Das ist schlecht. Und nicht gut.«

Und sank zu Boden. Am nächsten Vormittag kam ich zu mir, und die Paranoia schrie mich an. Mein Nacken war verkrampft, ich hatte mich auf meinen Ledermantel übergeben, und meine Nase heulte. Quengelte:

»Könnte schlimmer sein.«

Dann sah ich den Zettel noch mal. Zockelte nach oben, und dort auf dem Bett war ein Paket. Machte es auf, und es waren braune Bally-Stiefel drin. Bequem, im Ernst. Man latscht sie völlig krumm und alle, und dann kommen sie wieder in Form. Wenn ich mit meinen Stiefeln beerdigt werden sollte, dann bitte mit Ballys. War den Tränen so nah, wie Selbstmitleid es zulässt. Ertrug eine Dusche, stopfte dann alle Klamotten in die Waschmaschine, sogar das Leder. Stellte den Burschen an, dachte:

»Zu spät für Weichspüler.«

Das Telefon klingelte. Montierte mir eine Zigarette in den Mund, nahm den Hörer ab, machte:

»Hallo.«

Kiki war es nicht, aber ich hörte:

»London am Apparat.«

»Was? Keegan?«

»Stimmt genau, Bürschlein.«

»Woher hast du meine Nummer?«

»Hab die Polizei angerufen, mit einem Arsch namens Clancy gesprochen. Er mag dich nicht, Kumpel.«

»Grundgütiger, wow, ich meine: Hallo.«

»Selber hallo. Ich habe Urlaub.«

»Urlaub?«

»Fe-ri-en, der Herr. Ich werde einen Flieger nehmen.«

»Jetzt?«

»Worauf du dich verlassen kannst. Du willst doch, dass ich komme, oder?«

»Klar.«

»Dann ist es ja gut, elf Uhr heute Abend, ich bin in dieser Kneipe in der Quay Lane oder Quay Street.«

»Heute Abend?«

»Schraub dir die Schlittschuhe an, Junge; es wird eine holprige Fahrt.«

Er legte auf. Ich dachte über sein Kommen nach und dachte dann:

»Warum zum Teufel eigentlich nicht?«

Und lange vor dem letzten Schrei
Filtert sich ein dünnes, knappes Flüstern
Durch und bittet
Um einen allerletzten Song.

K. B.

Falls ich träumte, dann von nichts Gutem. Wachte in Koksschweiß gebadet auf, maulte:

»Klar zur Landung!«

Grusel über Grusel, griff nach Kiki und berührte die Bally Stiefel, flüsterte:

»*Och, ochón.*«

Was »ach, Süßfötzchen« auf Irisch ist. Aber stimmt das auch? In der alten Jackie Gleason Show, in Schwarz-Weiß, fing er jede Episode mit »Wie süß es ist« an. Ich kroch unter die Dusche und ließ mich tüchtig versengen. Überprüfte die Garderobe und hörte den Refrain, den die Drogen Richard Pryor zuzuflüstern pflegten:

»Wir werden immer weniger, Rich.«

Trug ein weißes – na gut, weißliches – T-Shirt, die 501er und zog die neuen Stiefel an. Perfekt, was schade war, weil es mich Kiki gegenüber so schuldig machte. Alkis müssen die seltsamsten Tiere auf dem Planeten sein, wie es in dem Song heißt, ein wandelnder Widerspruch. Kris Kristofferson hat den besten Text über Besäufnisverzweiflung geschrieben. Er war die Personifizierung von De Mellos *Der springende Punkt*. Wenn man »Sunday Morning Coming Down« richtig hört, ist es die Alki-Hymne. Besonders wenn man kapiert, worum es geht, wenn der Erzähler riecht, wie jemand Hühnchen brät. Das ist so ziemlich die einsamste Zeile, die ich je gehört habe. London, nasser Sonntagnachmittag, die Kneipen sind dicht, man schlägt sich mit dem Wind herum, der vom Ladbroke Grove kommt, und dann, sekundenlang, eine Nasevoll, wie wo jemand kocht. Dann ist man ernstlich am Arsch.

Hinunter in die Küche, auf die Uhr gesehen: acht fünfundvierzig. Tee und trockenen Toast gemacht, gelang mir sogar. Ein Impuls nörgelte ständig an mir. Fand, ich versuche es zumindest. Gute alte Branchen. Fing an zu telefonieren.

»Hallo?«

»Guten Abend, Hotel Imperial, wie können wir Ihnen helfen?«

»Wohnt bei Ihnen eine ... Mrs Taylor?«

»Einen Moment, Sir, ich werd mal nachschauen.«

Einen entsetzlichen Augenblick lang hatte ich Angst, meine Mutter würde ans Telefon kommen. Dann:

»Tut mir leid, Sir, wir haben niemanden dieses Namens eingetragen.«

Klick. Ich fischte eine halbe Seite ab. Mein Tee wurde kalt, und der Toast wellte sich. Da haben wir doch schon wieder einen Country-Song: Mein Tee wurde kalt, und der Toast war schon alt. Inzwischen telefonierte ich ganz mechanisch, als plötzlich:

»Ja, Sir, wir hatten eine Mrs Taylor hier, aber sie ist ausgecheckt.«

»Hat sie eine Adresse hinterlassen?«

»Ich glaube, sie ist mit dem Taxi zum Flughafen gefahren.«

Ich hatte sie verpasst. Lud die nassen Klamotten in den Trockner, einschließlich Leder, sagte:

»Schmilz doch, dummes Leder.«

Mein einziger anderer Mantel war Artikel 8234, mein Allwetteroberbekleidungsstück. Sie schrieben immer wieder und wollten es zurück. Die Mounties mochten immer ihren Mann kriegen, aber die Garda Síochána kriegte ihren Mantel nicht, noch nicht. Wickelte den Mantel eng um mich. Nahm kein Koks, nahm kein Getränk, aber ich konnte beides bereits schmecken. Ein letzter Anruf; wählte, kriegte:

»Simonsgemeinde, kann ich helfen?«

»Könnte ich mit einem Ronald Bryson sprechen?«

Hörte einen Ruf, eine Antwort, dann:

»Ron ist bis morgen Mittag weg.«

»Könnte ich ihn dann sehen?«

»Er wird hier sein.«

Klick. Genug Detektivarbeit für einen Tag; Zeit zu feiern. Prüfte mein Portemonnaie und los. Fünf Minuten bis zu Nestor's; wirklich zentral gelegen. Beschloss, einen Schlenker durch die St.-Patricks-Kirche zu machen, ein paar Erinnerungen lockerschütteln. Blieb bei der Grotte stehen. Wenn denn gebetet werden sollte, dann für Kiki. Hörte:

»Ich glaub es ja nicht. Jack Taylor im Gebet.«

Fr. Malachy, in all seinem selbstgefälligen Glanz. Selbst wenn ich Priester gemocht hätte, hätte ich ihn nicht gemocht. Nie. Er saugte einer sterbenden Zigarette die Eingeweide aus. Ich sagte:

»Sie rauchen ja immer noch.«

»Ich war gerade bei deiner Mutter.«

»Oha, das ist ein Schock.«

»Ein Schock, was? Die arme Frau befindet sich in einem tiefen Trauma, seitdem sie dich getroffen hat. Man schenkt ihr doch keine … Zähne.«

»Meine Zähne.«

Er hob die Augen zu jener »Herr, verleih mir die Kraft«-Nummer, die sie auf dem Priesterseminar lernen. Er sagte:

»Darüber wird sie nie hinwegkommen.«

»Mmm, ich würde sagen, sie erholt sich.«

»Was hat dich da denn bloß geritten?«

»Der Suff, Herr Pfarrer, der Suff hat mich so weit gebracht.«

Seine rechte Hand kam hoch, automatischer Reflex, wenn sie verärgert sind. So viele Jahre konnten sie folgenlos um sich schlagen. Ich lächelte, und er bezwang den Drang. Ich drehte mich um, um die Statue zu betrachten, fragte:

»Wenn ich behaupte, sie hätte sich bewegt, würde das das Geschäft ankurbeln?«

»Dummer Junge.«

Er zog die Majors hervor, zündete sich eine an, zog wild, als könnte er die Rage inhalieren. Ich sagte:

»Ich habe eine gute Nachricht für meine Mutter.«

»Du verlässt dic Stadt?«

»Nein, ich habc gcheiratet.«

»Was?«

»Aber *sie* verlässt die Stadt. Sie ist sogar schon weg.«

»Du hast eine Frau, und sie ist schon wieder weg?«

»Sehr konzis dargestellt.«

Er schleuderte seine Kippe in die Grotte und sagte:

»Du bist verrückt wie ein Märzhase.«

»Aber nie langweilig, stimmt's, Malachy?«

»Zur Hölle mit dir.«

Und er stapfte davon. Ich rief:

»Das ist kein Segensspruch.«

Einc Frau aus der Gegend ging vorbei und sagte:

»Gut gemacht. Dieser Bursche ist zu groß für seine Schuh'.«

Ich sprach das Gebet für Kiki, wenngleich nur kurz.

Bei Nestor's fragte Jeff:

»Hast du sie gefunden?«

»Sie ist weg.«

»Weg.«

»Zurück nach London.«

»Mensch, Jack.«

»Wo ist Cathy?«

»Sie ist böse auf dich. Gib ihr ein paar Tage.«

Er stellte eine *pint* hin, sagte:

»Aufs Haus.«

»Danke, Jeff.«

»Wie sieht der Plan aus?«

»Ich treffe Keegan.«

»Wen?«

»Detective Sergeant Keegan, London Metropolitan Police.«

»In London?«

»Nein, in The Quays, in etwa einer Stunde.«

»Ist das Arbeit?«

»Er selbst ist ein schönes Stück Arbeit.«

»Vergiss, dass ich gefragt habe, vergiss, dass ich irgendwas gefragt habe.«

Der Wachposten war auf Posten und warf mir einen zornfunkelnden Blick zu. Ich fragte:

»Was?«

»Die Missis hatte mir gefallen.«

»Oh Gott.«

Die Shop Street entlang. Es war kalt, aber davon hörte das Straßentheater nicht auf. Gedämpft. Eingeschränkt, aber voll da. Ein Jongleur vor Eason's, ein Straßenmusikant vor Griffin's Bäckerei, ein Charlie Chaplin bei Feeney's. Ein deutsches Ehepaar fragte:

»Wo ist denn hier was los?«

Ich wedelte in die Richtung, aus der ich gekommen war, und sagte:

»Aber beeilen Sie sich.«

Das Quays war rammelvoll. Den Tumult übertönte ein englischer Akzent:

»Einen heißen Grog, Liebchen, und eine *pint* von dem schwarzen Zeugs.«

Wer konnte es sonst sein? Chaz, mein rumänischer Freund, entstieg der Menge, bevor ich Keegan rufen konnte, und sagte:

»Weißt du noch, der Fünfer, den ich dir gestern geliehen habe?«

»Nein, Chaz, den habe ich dir geliehen.«

»Echt wahr?«

»Ja, aber wolltest du noch einen?«

»Du bist der Beste, Jack.«

»Sag das meiner Frau.«

Keegan trug ein weißes T-Shirt mit dem Logo *Póg mo tóin*, eine grellrote Golfhose und einen Souvenirhut aus Blackpool, welcher bettelte:

»Kiss me quick.«

Er rief:

»Jack Taylor, mein bester Kumpel.«

Rammte mir eine *pint* in die Hand, sagte:

»Da sind geile Bräute am Tresen und auch was zu trinken.«

Ich dachte:

»Bin ich dazu bereit? Ist irgendjemand dazu bereit?«

Ich fragte:

»Wo ist dein Gepäck?«

»In Jury's Hotel.«

»Da bist du abgestiegen? Ich habe aber doch ein Haus.«

»Ja, das ist ja auch ganz toll, Kumpel, aber ich werde möglicherweise vögeln.«

Dagegen ist schwer was zu sagen. Ich ließ mich einfach treiben. Keegan ist eine Naturgewalt, roh, machtvoll und unaufhaltsam. Am Eyre Square gibt es einen Nachtklub namens Cuba. Ich glaube nicht, dass es dafür eine gälische Übersetzung gibt. Zwei Uhr, ich bin mit Keegan und zwei Frauen, die er beschwatzt hat, dort. Sie scheinen ihn zu lieben. Er legt den Arm um eine der beiden, sagt:

»Jack, ich liebe dieses Land.«

»Dich liebt es bestimmt.«

»Nur allzu wahr, mein Sohn; ich bin ein irisch-republikanischer Schweinehund.«

Das mit englischem Akzent zu hören, bedeutet, man hat sehr lang gelebt. Der Geschäftsführer kam herüber, und ich dachte:

»Oha.«

Falsch. Er wollte fragen, ob er uns einen Sekt ausgeben darf. Keegan sagte:

»Schaff' Er ihn heran, Gevatter. Und zum Frühstück bitte Blutwurst.«

Ich hielt mich zurück, im Zwielicht. Die nächste Stunde lang berichtete ich Keegan, was in den vergangenen Wochen vorgefallen war. Er sagte:

»Du irrer Mistkerl, ich liebe dich.«

Was man ihm auch vorwerfen mochte, wählerisch war er nicht. Er ließ die Mädels ein Bündel Banknoten sehen und sagte:

»Vertraut meinen Instinkten, ich wette, ihr mögt klebrige Drinks mit Papiersonnenschirmchen ... Hab ich recht?«

Er hatte recht, und sie beteten ihn an. Er wandte sich mir wieder zu und sagte:

»Die Brünette, der möchte ich den Arsch kaputtreiten, okay?«

»Ämm ..., ja.«

»Die Stille, die nimmst du, okay?«

»Danke. Glaube ich zumindest.«

Dann wurde er ernst. Die ganze Schweinepriesterei, Vulgarität, die Hunter-S.-Thompson-Mätzchen fielen innerhalb einer Sekunde von ihm ab. Er sagte:

»Jack, ich bin ein guter Bulle, das ist das Einzige, was ich kann, aber die Scheißkerle versuchen, mich loszuwerden. Ist nur eine Frage der Zeit, bis sie mich rausschmeißen.«

»Kenn ich alles.«

»Und deshalb werd ich dir nur eines sagen, Kumpel.«

»Okay.«

»Bleib an dem Fall dran. Alles andere ist unwichtig.«

»Mach ich.«

Dann schaltete er wieder auf John Belushi um und sagte zu den Mädels:

»Also, wer will mir zuerst das Gesicht ablecken?«

Nächster Morgen, Augen auf, zweimal hingekuckt. Ein Mädchen neben mir. Letzte Nacht kam hochgespült, zumindest bis Cuba. Sie sah wie etwa sechzehn aus. Ich lupfte die Decke, und, Scheiße, sie war nackt. Knastköder, etwas, wo der Staatsanwalt die Hand draufhatte. Sie regte sich, wachte auf und lächelte. Sagte:

»Moin.«

Ich hatte schon schlechtere Anfänge erlebt. Ich antwortete:

»Selber Moin.«

Sie kuschelte sich an mich, sagte:

»Ach, ist das muckelig.«

Dann etwas Distanz, sagte:

»Danke, dass du aus meiner misslichen Lage so schamlos Vorteil gezogen hast.«

»Ämm …«

»Du bist ein echter Gent.«

Also was denn nun. Von ihr ging eine Hitze aus, die mich richtig wach machte, und ich sagte:

»Ich mach uns Tee und Toast.«

»Können wir im Bett frühstücken?«

»Klar können wir das.«

»Jack, du bist der Größte.«

Aus dem Bett, ich splitterfaser. Keine gute Idee. So verhauen, so alt, wie ich bin, funktioniert nackt nicht. Schnappte mir Hemd und Unterhose, und sie sagte:

»Du bist gar nicht so schlecht in Form, weißt du das?«

»Danke, oder.«

Wo war mein Kater? Verdient hätte ich einen klassischen. Hatte noch nicht zugeschlagen. Unten fand ich ihre Handtasche, durchsuchte sie. Kleenex, Feuerzeug, Lippenstift, Schlüssel, Kondome. Mann, diese Mädels reisten vorbereitet. Ihr Portemonnaie samt Perso enthüllte, dass sie Laura Nealon, achtundzwanzig, war und als Handyverkäuferin arbeitete. Eine frische Packung Benson & Hedges; ich riss sie auf, entsicherte eine. Machte den Frühstückskram. Fand ein Tablett –, mit der Hochzeit von Diane und Charlie drauf. Ortete sogar Servietten. Schaffte den Sums nach oben. Sie sagte:

»Oh, Jack, ein Picknick.«

Sie patschte neben sich aufs Bett. Ich wies das zurück und setzte mich auf die Bettkante. Falls sie einen Kater hatte, so war er nicht zu sehen. Aß tüchtig ihren Toast, fragte:

»Darf ich deine Dusche benutzen?«

»Natürlich.«

»Möchtest du mitduschen?«

»Äh, nein danke.«

»Du bist nett, Jack, ich mag dich.«

Schwer für mich, mit all dieser guten Energie fertigzuwerden. Mann, ich bin doch nur Kummer gewohnt. Der ist vertraut, beinah behaglich. Sie kehrte zurück, in Badetücher gewickelt. Ich fragte:

»Wo ist deine Freundin hin?«

»Mit Mr Keegan. Sie ist verrückt nach ihm. Wir hatten ja ein solches Glück, dass wir mit euch Jungs losgezogen sind.«

Ich musste es wissen und fragte:

»Ist das dein Ernst?«

»Komplett. Man glaubt nicht, was da draußen für Tiere unterwegs sind. Ich bleibe dir erhalten, Jack.«

Dann war sie auf meinem Schoß, machte Sachen. Als Nächstes kriege ich einen geblasen wie noch nie im Leben. Danach fragt sie:

»War es gut?«

»Ganz toll.«

»Ich mach dich glücklich, Jack, du wirst es sehen.«

Hörte die Haustür und dachte:

»Ach du Scheiße, Kiki ist wieder da.«

Zog mir die Hose hoch und schlurfte nach unten. Sweeper war in der Küche. Ich sagte:

»Mit diesem Kommen und Gehen nach Belieben muss allmählich mal Schluss sein.«

»Ich habe geklingelt.«

»Oh, da war ich wohl gerade unter der Dusche.«

Dann sah er an mir vorbei. Ich drehte mich um. Laura, und sie hatte eins meiner Hemden an. Sie sagte:

»Tut mir leid, sind meine Zigaretten hier?«

Sweeper fragte:

»Ist das Kiki?«

»Nein ... Äh, das ist Laura.«

»Tag.«

»Tag.«

Ich gab ihr die Zigaretten, und sie sagte:

»Ich mach mich auf die Socken, ich komm noch zu spät zur Arbeit.«

Als sie nach oben gegangen war, fragte Sweeper:

»Das ist nicht Ihre Frau?«

»Nein.«

»Verstehe.«

Aber er verstand nicht, und ich verstand auch nicht. Ich sagte:

»Ich habe eine definitive Spur.«

»Erzählen Sie.«

Ich erzählte. Er sagte:

»Sie werden mit diesem Bryson sprechen. Ich komme mit.«

»Nein.«

Darüber stritten wir ein wenig. Irgendwann war er überzeugt und bot Laura an, sie zur Arbeit zu fahren. Ich ging in die Innenstadt. Ging zum Heiligen Vincent de Paul und kaufte einen Anzug, einen Pullover, Hemden, Jeans, einen Blazer. Gesamtsumme: £ 35,–. Die Verkäuferin sagte:

»Wussten Sie, dass jeder Artikel chemisch gereinigt ist?«

»Nein, das wusste ich nicht.«

»Das machen die Reinigungen kostenlos für uns.«

»Ganz schön gut.«

»Allerdings.«

Nahm ein Taxi zum Hidden Valley und hatte die neuen Sachen teilweise schon an. Der Fahrer sagte:

»Echt spitze, die Klamotten.«

»*Und* chemisch gereinigt.«

»Das müsste genügen.«

Ich war ein Mann mit einer neuen Freundin, neuer Garderobe, das Mindeste war, dass ich die passende Einstellung beisteuerte. Trug den Blazer mit knackig weißem Hemd, grauer Hose. Ich knisterte vor Frische. Mein Nachbar kam gerade heraus und sagte:

»Sie sehen aus wie ein neuer Penny.«

Berauschendes Lob.

Die Simon ist an dem einen Ende vom Fair Green. Nach Westen ist der Bahnhof, der ZOB nach Süden. Vielleicht hören sie gern das Wummern der Motoren. Die Simon hat auf den Straßen von Galway Unzähligen das Leben gerettet. Sie ist sauber, ordentlich, effizient und immer für jeden da. In einer Stadt, in der die meisten über alles meckern, wird nur die Simon von allen gelobt. Ich ging hinein, und die Empfangsfrau sagte:

»Wiegehts.«

»Hallo, ich hatte gehofft, Ronald Bryson zu sehen.«

»Einen Augenblick, bitte.«

Keinerlei üble Schwingungen. An einem Ort, an dem sich so viel Elend abspielt, könnte man eine Atmosphäre der Depression erwarten. Keine Spur. Ein langer, schlaksiger Typ, über zwei Meter groß, mit Jeans, schwarzem T-Shirt und Wildlederweste, kam angeschlendert. Pferdeschwanz und scharf geschnittene Gesichtszüge mit Aknenarben. Eine Energie wie ein Indianer auf Spurensuche. Keine Eile, als wüsste er sowieso, wo man war. Er engländerte:

»Ich bin Ron.«

Ich stand auf, streckte die Hand aus, sagte:

»Jack Taylor. Freut mich, dass Sie Zeit für mich haben.«

Er winkte mit der Hand, ignorierte meine ausgestreckte, sagte:

»Kein Thema, Jack. Gehen wir wohin, wo wir ungestörter sind.«

Englisch. Dieser gewisse Londoner Tonfall von Gelassenheit und Durchblick. Wenn man es schon nicht kapierte, konnte man es wenigstens gut finden.

Er fragte:

»Kaffee?«

»Nein, für mich nicht, danke.«

Wir gingen in ein kleines Büro. Er ging hinter den Schreibtisch, machte es sich auf einem Stuhl gemütlich und legte die Beine hoch. Alte abgewetzte Mokassins, definitiv in Nepal gekauft. Ich setzte mich auf einen harten Stuhl. Er begann sich aus einem Lederbeutel selbstzudrehen, zog die Brauen hoch, ein Angebot. Ich schüttelte den Kopf und warf eine Rote an. Ich beugte mich vor, gab ihm Feuer, er sagte:

»Schönes Feuerzeug.«

»Ja.«

»Bevor wir anfangen, Jack, möchte ich Ihnen meine Stellung erläutern. Ich gehöre nicht zur Gemeinde. Ich bin ausgebildeter Sozialarbeiter, mit allen erforderlichen Qualifikationen.«

Er machte eine Pause, damit ich das volle Gewicht seiner erforderlichen Qualifikationen auf mich einwirken lassen konnte.

Ich wagte das erforderliche halbe Lächeln ..., konnte praktisch vor Ehrfurcht nicht sprechen. Er resümierte:

»Obwohl ich also der Organisation zur Verfügung stehe, gehöre ich ihr nicht an.«

Er verstummte, weshalb ich sagte:

»Wie ein Berater.«

Saures Lachen.

»Kaum. Sehen Sie es mehr als einen Ratgeber.«

»Jetzt habe ich es verstanden.«

»Gut, also was ist Ihr Problem, Jack?«

Ich holte die Liste mit den Namen der Landfahrer heraus, legte sie auf den Tisch und sagte:

»Mein Problem ist, dass jemand die Landfahrer umbringt, diese Landfahrer.«

Beine runter vom Tisch. Nunmehr hochoffiziell überflog er die Liste und sagte:

»Ich kenne ... kannte diese Jungs. Ich verstehe nicht, warum das Ihr Problem ist, Jack. Sie sind kein Polizist, und ich bin sicher, dass Sie nicht zur Familie gehören.«

Hier ein großes Grinsen, damit ich merkte, dass er Spaß verstand und selber auch mal spaßte. Dass er, obwohl er diese Wahnsinnsqualifikationen hatte, auch mal zu einem kleinen Schwatz mit den Jungs aufgelegt war. Einfach so. Ich sagte:

»Ich wurde gebeten, das zu überprüfen.«

Mit einem leichten Unglauben in der Stimme sagte er:

»Wie ein Privatdetektiv, zwanzig pro Tag plus Spesen? Zu putzig; so was ist nur in Irland möglich. Ich habe die Filme gesehen. Warum sind Sie zu mir gekommen, mein Freund?«

»Sie haben sie gekannt.«

»Das ist es also! Na, da werden Sie mit einer ganzen Reihe von Leuten reden müssen. Das waren Landfahrer. Mann, die kannten die halbe Nation.«

»Wenn es irgendetwas gibt ...«

»Bwoa ... Langsam, Partner, und berechnen Sie mehr Spesen. Ich will sehen, ob ich das richtig verstehe.«

»Was gibt es da zu verstehen, Ron? Können Sie helfen ... oder nicht?«

»Ah, da kommt der stahlharte Ermittler durch. Zu und zu putzig. Nein, was ich hier zu verstehen versuche, ist Folgendes ... Haben Sie irgendeinen legalen Status?«

»Nein.«

»Wenn ich Sie also hier rausschmeiße wie einen geplatzten Scheck, müssen Sie sich rausschmeißen lassen.«

Ron amüsierte sich königlich.

»Sie sagen es, Ron. Ich appelliere an Ihren guten Charakter.«

Da überflog etwas sein Gesicht. Nicht einmal ein Schatten, dafür war es zu schnell, zu geringfügig, es kam aber eindeutig aus einer dunklen Gegend. Er sagte, durch die Zähne:

»Diesen Fehler werden Sie nicht machen wollen, Jack. Ich reagiere nicht auf Appelle. So kann man nicht ... konnte man mit mir noch nie zusammenarbeiten.«

»Tut mir leid, Ron, da habe ich mich offenbar in was hineingesteigert. Ich hatte vergessen, dass Sie Sozialarbeiter sind.«

Wieder das Flackern. Ich hatte keine Ahnung, auf welchen Knopf ich gerade drückte, aber der Jackpot kam raus wie sonst was. Ich wusste natürlich, warum ich das tat. Um den frömmelnden Scheißkerl zu tollschocken. Immer noch durch die Zähne sagte er:

»Sie tun sich schwer mit Autorität, Jack. Mal sehen, Sie hatten nie einen richtigen Job, stimmt's?«

Schon viel besser. Da konnte ich mitspielen und sagte:

»Ich war Polizist.«

Das saß, doch er hatte Trümpfe.

»Aber ohne nennenswerten Dienstgrad, würde ich mal raten.

Wir sind die Erfolgsleiter wohl nicht geradezu stürmisch hochgebraust, was?«

»Sie haben eine rasche Auffassungsgabe, Ron.«

Aufgeplustert sagte er:

»Ich mach das schon ziemlich lange, Jack.«

»Das merkt man. Bei mir war die Schwierigkeit, dass auch von uns erwartet wurde, dass wir Sozialarbeiter sind. Ich dagegen hatte gehofft, menschlich sein zu können.«

Biss nicht an. Der Augenblick war vorüber, und Ron hatte wieder zu seiner alten Form gefunden. Schenkte mir ein volles Lächeln, sagte:

»Könnte sein, dass ich Sie falsch eingeschätzt habe, Jack. Um ehrlich zu sein, hatte ich Sie für einen Spriti gehalten. Ich habe so viele Alkis gesehen; die wenigsten argumentieren schlüssig.«

»Hat aber Ihre Fähigkeit zum Mitleiden nicht nennenswert eingeschränkt.«

Nichts mehr zu wollen, aus, vorbei. Er begann mit der Abschiedsarie, schnipste mit einem Fingernagel die Liste entlang.

»Diese jungen Männer, alles Alkis. Dieses Leben, es nimmt nicht viele Geiseln. Ich bin ein kleines bisschen erstaunt, dass Sie selbst so lange überlebt haben.«

Er stand auf, setzte hinzu:

»Verschwenden Sie nicht Ihre Zeit, Jack. Das sind Kriegsopfer, gefallen in einem gleichgültigen Krieg. Das passiert jeden Tag.«

Er streckte die Hand aus, und ich ignorierte sie, während er sagte:

»Lassen Sie mir Ihre Telefonnummer da. Wenn mir etwas einfällt, rufe ich Sie an.«

»Danke, Ron. Es war lehrreich.«

»Nicht für mich, Jack. Tatsächlich war es eine erschreckende Verschwendung meiner wertvollen Zeit.«

Auf dem Weg hinaus sagte ich zur Empfangsfrau:

»Vielen Dank. Ron war ganz toll.«

»Das sagen alle.«

Draußen holte ich tief Atem, schüttelte das Gruselige ab, das mir an den Nacken hinflüsterte. Sah mich um. Gegen das Fenster gedrückt stand Bryson. Die Scheiben verzerrten seine Züge und gaben dem Lächeln eine unheimliche Bösartigkeit. Die Hand hatte er in der Leistengegend, bewegte sie vor und zurück, ahmte Masturbation nach. Ich hoffe nur, dass es Nachahmung war. Was sollte ich tun? Ich tat, was jeder aufrechte Ire getan hätte. Ich reckte den Finger. Dann machte ich, dass ich da wegkam, Hölle auch.

»To do is to be.«
PLATO

»To be is to do.«
SOKRATES

»Do be do be do.«
SINATRA

Ich ging Richtung The Quays. Keegan hatte gesagt, er wolle überprüfen, wie da das Mittagspausengeschäft lief. Das tat er. Er führte das große Wort und sagte einem amerikanischen Paar, ja, im Dezember seien die Felder immer noch grün. Alles Übrige sang er dann, richtig grauenvoll. Er überreichte mir eine *pint*. Ich sagte:

»Mensch, das ging ja schnell.«

»Ist ein schnelles Land.«

Aus den Lautsprechern kamen U2 mit »Angel of Harlem«. Keegan sagte:

»Scheiße, das ist doch nie und nimmer Volksmusik.«

»Für manche schon.«

»Aber wo bleibt das Diddli-du, die ganzen *bodhráns* und *uilleann*-Pfeifen?«

»Gut ausgesprochen.«

»Hab geübt.«

»Merkt man.«

»Komm schon, Jack, ist das etwa summbar?«

»Nun, bei allem, was man über U2 sagen könnte, und George Pellicanos hat das meiste bereits gesagt, war Summbarkeit, glaube ich, kein ausschlaggebendes Kriterium.«

»Wer ist Pe…li…ca…nos?«

»Einer der besten Kriminalschriftsteller.«

»Ach, du redest doch Scheiße; es gibt nur Ed McBain.«

Er nahm einen großen Schluck von seiner *pint*, die Hälfte auf einen Zug. Sogar der Barmann ließ die Kinnlade sacken. Keegan wartete, rülpste dann, sagte:

»Fast wäre die Blutwurst in die Wiederholung gegangen.«

»Die hast du gegessen?«

»Ja doch. Im Jury's geben sie einem die irische Vollbedienung, einschließlich Bratwürstchen, gebratene Tomaten, zwei Eier, Speck …«

»*Rashers?*«
»Was?«
»In Irland nennen wir Speckstreifen ›rashers‹, Ausschlag.«
»Warum?«
»Weil uns danach ist.«
»Ich habe mir überlegt, ob ich mich tätowieren lasse.«
»Was?«
»Mit *Êire* und Dreikleeblatt, was meinst du?«
»Mann, Keegan, es ist schwer, mit dir Schritt zu halten.«
»Sei lieb, trink aus.«
Wir besorgten uns einen Tisch, und er fragte:
»Wie bist du mit der Mausi vorangekommen?«
»Komm … Mausi. Niemand nennt sie mehr Mausi außer Terry Wogan.«
»Und?«
»Gut; es war ganz toll.«
»Bei mir auch. Die halbe Nacht im scharfen Ritt.«
Er dröhnte so laut mit Londoner Tonfall, dass die gesamte Kneipe über den »scharfen Ritt« Bescheid wusste. Er sah aber nach solchem Schwein aus, dass ihn niemand zur Rede stellte. Er fragte:
»Wolltest du nicht zu diesem Sozialarbeiter?«
»Bryson.«
»Der Name kommt mir bekannt vor.«
»Es gibt Bill Bryson, den Reiseschriftsteller.«
»Ich lese doch nur Ed McBain. Also wie ist es gelaufen?«
Ich fasste es zusammen. Als ich fertig war, fragte er:
»Was sagt dein Instinkt?«
»Er hat sie allegemacht.«
»Oha, das geht ein bisschen schnell, Bürschlein.«
»Er ist es.«
»Also was jetzt?«

»Ich muss alles über ihn herausfinden, was ich kann.«

Er zog einen Füller. Zu meiner Verblüffung sah er aus wie ein Parker mit Goldfeder. Er sagte:

»Ein Geschenk von Unworth.«

»Unworth?«

»Eine schwarze Kollegin, auf meinem Revier.«

Ich war überrascht, sagte:

»Du bist mit einer Person schwarzer Hautfarbe befreundet, noch dazu mit einer Frau?«

Er sah auf und sagte:

»Bei mir muss man mit allem rechnen. Ich bin nicht, der ich scheine ..., ein bisschen wie du, Jack.«

»Darauf trinke ich.«

Das taten wir. Ich sagte ihm alles, was ich über Bryson wusste. Er sagte:

»Ich werde meinen Diensthabenden anrufen. Wenn dieser Affe ein Londoner Jung ist, buddeln wir alles über ihn aus.«

»Ich weiß es zu schätzen.«

»Ja ..., warum trinkst du eigentlich gar nichts?«

Später sagte er:

»Wie sieht denn der Plan für die unmittelbare Zukunft aus?«

»Sobald ich weiß, wo er wohnt, breche ich bei ihm ein.«

»Da komme ich mit.«

»Bist du sicher?«

»Einbruchsdelikte sind meine Spezialität, okay? Ich werde mir meine Tätowierung besorgen ... So eine wie in *Home and Away*.«

»So einen Scheiß siehst du dir an?«

»So einen Scheiß sieht sich jeder an.«

In diesem Augenblick, ich weiß nicht, warum, aber da fühlte ich eine Woge der Zuneigung für ihn. Da stand er, wie ein total verfehlter Popeye Doyle, schwitzte und japste. Glücklicherweise war er weg, bevor ich etwas sagte. Der Tresenmensch sagte:

»Jack.«

»Ja.«

»Die Spice Girls sind zum neunten Mal Nr. 1.«

»Heiland, warum sagst du mir das?«

»Du wolltest doch auf dem Laufenden gehalten werden.«

»Och nö.«

Das letzte Mal, dass ich die Spice Girls sah, war ich bis hin zur abgewandten Seite des Mondes zugekokst. Posh sah auf unheimliche Weise aus wie der junge Cliff Richard. Ich weiß immer noch nicht, für wen von den beiden das schlimmer ist; Beckham ist auf jeden Fall gearscht.

Als ich nach Hidden Valley kam, war ich völlig fertig. Endlich holte ich die Klamotten aus dem Trockner. Sie waren weniger getrocknet als gebacken. Das Leder konnte ohne fremde Hilfe stehen, womit es mir gegenüber definitiv im Vorteil war. Ich bügelte es. Sie raten es einem nicht, sie schnauzen einen an:

»Leder niemals bügeln.«

Sollen mich am Arsch lecken.

Am Tag vor Totensonntag ging ich endlich meine Toten besuchen. Sweeper hatte mir den Van geliehen. Er war früh am Morgen gekommen und hatte mich nach meinen Plänen für den Tag befragt.

»In Rahoon liegen die, die ich am meisten geliebt und am schlechtesten behandelt habe. Schon über ein Jahr, und ich habe kein Kaddisch gesprochen.«

»Kein Ka … was?«

»Respekt.«

Er nickte feierlich; das verstand er. Wenn die Clans etwas besser verstehen als wir, ist es Trauer. Gott weiß, genug Übung haben sie. Er fragte:

»Wünschen Sie, dass ich Ihnen Gesellschaft leiste?«

»Nein, das mach ich lieber allein.«

»Ich werde Ihnen den Van geben.«

»Kfz-Steuer bezahlt?«

Großes Lächeln.

»Jetzt, Jack Taylor, hören Sie sich an wie ein Polizist. Es heißt, Sie waren ein sehr ordentlicher.«

»Da ist vielleicht sogar ein Fünftel Wahrheit dran.«

Innerhalb von weniger als einer Stunde stand der Van in der Gasse. Vor Blumen schier berstend. Wie bei Keegan musste man auch bei Sweeper mit allem rechnen. Ich trug den Anzug vom Heiligen Vincent de Paul. Passte so eben und eben. Mit anderen Worten: Man wusste, dass der, der ihn gekauft hatte, beim Kaufen nicht an mich gedacht hatte. Sweeper hatte sich mein Treffen mit Bryson angehört und fragte:

»Sie meinen, er war's?«

»Ja.«

»Dann werde ich ihn umbringen.«

»Mensch, Augenblick mal. Ich brauche etwas mehr Recherche.«

»Dann werde ich ihn umbringen.«

»Sweeper, um des lieben Jesulein willen, sagen Sie das nicht immer. Sie haben mich um Hilfe gebeten, Sie müssen mir vertrauen.«

»Ich vertraue Ihnen.«

Widerwillig.

»Also nicht umbringen?«

»Ich werde warten.«

»Okay.«

Ich fuhr den Van vor die Tore von Rahoon, nahm einen Armvoll Blumen. Zwei kleine Jungens traten vor dem Friedhof gegen einen Ball. Einer fragte:

»Mister, sind Sie ein *tinker?*«

»Was geht dich das an?«

»Das ist ein Wohnmobil für Landstreicher.«

»Woher weißt du das?«

»Keine Steuer.«

»Ach ... Dürft ihr hier überhaupt spielen?«

Der zweite Junge zeigte mit dem Daumen auf die Toten und sagte:

»Macht denen nichts aus.«

Ich verpasste ihm einen Blick genau in die Augen und fragte:

»Bist du sicher?«

Sie hauten ab. Zuerst begrüßte ich meinen Dad. Ich kann mit der Hand auf dem Herzen sagen, dass er ein echter Gentleman war. Im alten Sinne. Eine Frau sagte mir einst:

»Ihr Dad, der war ritterlich.«

Was für ein großartiges Wort. Er verdiente es. Etwas weiter weg fand ich Padraigs Grab. Der Oberpenner, eine kurze, ruhmreiche Regierungszeit lang. Er führte sein Rudel mit Flair und Humor, bis er vom Bus nach Salthill überfahren wurde. Darin liegt eine schreckliche Ironie, aber ich komme nicht darauf, welche. Ich goss einen kleinen Jameson auf das Erdreich. Das ist ein Gebet, das er zu würdigen gewusst hätte. Dann Sean, der frühere Besitzer vom Grogan's.

Sein Entzücken angesichts meiner einst so kurzen Nüchternheitsphase war zu überwältigend, als dass ich mich daran erinnern könnte. Er wurde meinetwegen ermordet. Mit Schuld überladen. Ich legte ihm Rosen hin und sagte nichts. Während ich soff, wollte er es nicht hören. Ich hätte es wohl auch nicht aussprechen können.

Die schiere Sauerei des Alkoholismus. Ich wollte so dringend trinken, dass ich es schmecken konnte.

Das vierte und letzte Grab: Sarah Henderson. Ein Teenager, ihr Grab war makellos, gejätet, aufgeräumt und mit gerahmten Gedichten und flauschigen Püppchen bedeckt. Alle waren vertreten, von Britney über Barbie bis hin zu einer Barney-Feuerstein-Puppe. Ihre Mutter war zu mir gekommen und wollte von mir den Beweis, dass ihre Tochter nicht Selbstmord begangen hatte. Eine Reihe junger Mädchen war bei einer angeblichen »Selbstmord-Epidemie« gestorben. Der Fall wurde gelöst. Die Mädchen waren ermordet worden. Die schreckliche Pointe war: Sarah hatte sich tatsächlich umgebracht. Natürlich habe ich ihrer Mutter das nie gesagt. Unterdessen hatte ich mich irrwitzig in sie verliebt. Und alles gründlich verbockt. Eine Stimme sagte:

»Jack.«

Ich dachte kurz, Sarah hätte gerufen. Dann fiel ein Schatten auf mich. Ann Henderson, die strahlend schön aussah. Ihr Gesicht leuchtete, diese Augen sahen mich an. Ich nahm all meine Schlagfertigkeit zusammen und sagte:

»Ann.«

Sie betrachtete das Grab ihrer Tochter, sagte:

»Du hast sechs weiße Rosen mitgebracht.«

»Tja.«

»Du hast dran gedacht, wie schön.«

Ich hatte keine Ahnung, was ich machen sollte. Versuchte, den Kopf auf Touren zu bekommen, aber würde es helfen? Einen Scheiß würde es. Sie sah mich forschend an und sagte:

»Deine Nase ist schon wieder gebrochen. Ach, Jack, was sollen wir bloß mit dir machen?«

Wir!

Sie allerdings konnte tun, was ihr Herz begehrte. Bin ich schwach? Ach, Mann ..., und sie sagte gerade:

»Aber bildhübsche Zähne hast du; überkront?«

»Mmm ... Sozusagen.«

Man sollte meinen, ich wäre zur Ruhe gekommen, würde mich zurechtfinden. No way, Jos. Sie fragte, auf diese grässlich besorgte Weise, die ausschließlich jenen eignet, die man eingebüßt hat:

»Wie geht es dir, Jack?«

Mir war schwindlig und, noch schlimmer, leicht ums Herz. Sturzbesoffen könnte man es nennen. Sagte:

»Ich bin übrigens verheiratet.«

Das haut doch jedem den Kopf weg, oder? Mir meinen durchaus. Ich betete, dass sie sich nicht für mich freute. Aus ihr sprudelte es heraus:

»Oh Jack, wie wunderbar. Kommt sie von hier?«

»Nein ... Äh ... Sie hat mich verlassen.«

»Jack.«

Ich musste über ihr Leben Bescheid wissen, und obwohl mir vor dem Wissen graute, fragte ich:

»Und du? Triffst dich immer noch mit, äh ...?«

»Ja, wir haben uns für einen Termin im Juni entschieden. Du musst kommen, versprich, dass du kommst.«

Ich weiß nicht, was ich sagte. Ich stolperte davon, stieß gegen Grabsteine, fluchte, weinte fast. In die Seite des Vans hatte einer der Jungens mit Leuchtstift ein Wort gekratzt:

»TINKER«

»… und hieltest ohne jeden Grund
du meine Hand.«

Ich hatte am Telefon mit Laura gesprochen. Das lief so:

»Jack, du fehlst mir.«

»Ja, Gott, das ist ...«

»Werde ich dich sehen?«

»Klar.«

»Weil Keegan meine Freundin ständig sieht, praktisch total. Sie will jetzt sogar ein Kind von ihm.«

»Damit erweckt sie bestimmt seine Aufmerksamkeit. Hör zu, wie wär's morgen Abend mit einer Mahlzeit?«

»Du nimmst mich mit in ein Restaurant, echt?«

Warum hatte ich immer das Gefühl, sie zieht mich nur auf? Sobald ich Eifer an den Tag legte, sprangen die Leute ab und riefen:

»Blödmann!«

Langsam angehen lassen.

»Ich treffe dich um acht bei Garavan's; von da aus sehen wir weiter.«

»Ich werde richtig hübsch für dich aussehen, Jack.«

»Da habe ich keine Zweifel.«

Hatte mir den täglichen Koksgenuss abgewöhnt. Das konnte nur gut sein. Ich ging früh ins Bett und schien eben gerade eingeschlafen zu sein, als das Telefon klingelte. Ich sah auf die Uhr, vier ... und sagte:

»Wehe, das ist jetzt nicht verdammtnochmal lebenswichtig.«

»Jack, habe ich Sie geweckt?«

»Wer ist da?«

»Ich dachte, Sie schlucken die ganze Nacht Whiskey.«

»Bryson.«

»Sie nennen mich ja gar nicht mehr Ron? Och, seien Sie nett, Jack.«

»Lag irgendwas an?«

Konnte Verspieltheit in seiner Stimme hören, einen lässigen Ton:

»Ich wollte Sie verscheißern, Jack, so, wie Sie mich heute verscheißert haben.«

»Schon mal nicht schlecht, Kumpel.«

»Haben Ihre Hausaufgaben gemacht, was mich betrifft, Jack?«

»Wieso ... Haben Sie was zu verbergen?«

»Bin ich so was wie der Hauptverdächtige? Sie sind aber, leider-leider, keine Helen Mirren.«

»Würde Ihnen das gefallen, Ron, verdächtig zu sein?«

»Werden Sie nicht herablassend, Sie wertloses Stück sinnlos betrunkenen Mülls.«

»Oha ... Bei Säufern kriegt er einen Ständer ... Ist es das, Ron?«

»Wie können Sie sich erdreisten, mich analysieren zu wollen. Denken Sie mal über Folgendes nach, Herr Privatschnüffler ... Ann Henderson.«

Ich schnappte nach Luft. Er hörte es, sagte:

»Da hab ich Ihnen einen Schreck eingejagt, stimmt's, Jack? Jetzt können Sie ein bisschen ermessen, mit wem Sie es zu tun haben.«

Ich musste schnell punkten; eine Lulle brauchte ich auch, konnte die Dinger aber Scheiße noch eins nirgends sehen, sagte:

»Ich weiß durchaus, mit wem ich es zu tun habe.«

»Mit wem denn, bittebitte?«

Das jetzt im Falsett.

»Einem kranken Scheißkerl, der gegen Fenster wichst.«

»Hidden Valley 8B, habe ich das richtig notiert, Jack?«

Wieder hatte er mich erwischt und fuhr fort:

»Vielleicht schaue ich mal vorbei, ganz überraschend.«

»Sie drohen mir, Ron? Mit Drohungen komme ich ganz schlecht zurecht.«

»Sie werden sich dran gewöhnen. Jetzt muss ich leider ein bisschen schlafen. Habe morgen wieder eine endlose Schlange vergammelter Säufer abzufertigen.«

»Abzufertigen?«

»Ja, Jack, erstklassig werde ich sie abfertigen. Sie werden sehen. Schon bald.«

Klick.

Stieg aus dem Bett und fluchte:

»Wo sind die Scheißzigaretten?«

Keegan konnte ich am nächsten Tag nicht zu fassen kriegen, weil er einen Ausflug nach Connemara machte. Gott stehe ihnen bei, dachte ich. Sweeper verteidigte die Position als Anführer seines Clans. Buchstäblich. Immer wieder forderte ihn ein junger Krieger heraus, und das wurde dann mit den blanken Fäusten geregelt. Die Austragungsorte waren für gewöhnlich in der Gegend von Mullingar, und die Veranstaltungen waren ein Publikumsrenner. Der Wettaspekt war der Magnet, und Vermögen wurden verspielt. Niemand generiert einen Bruttoertrag so effizient wie die Clans. Vorher wurde die Polizei verlässlich über Datum, Uhrzeit und Ort informiert. Dann überreagierte sie und überschwemmte einen für so was total ungeeigneten Teil des Landes. Die Medien genossen das ganz besonders und berichteten zur besten Nachrichtenzeit von Polizisten, die unschuldige Autofahrer anhielten. Ich hatte versprochen, später dazuzustoßen. War mir aber gar nicht sicher, ob ich es schaffen würde.

Ich verabredete mich mit Brendan Flood. Er schlug Supermac's vor. Ich war zuerst da und setzte mich an einen Tisch. Das ist das neue Irland: Zwei Schwarze machten die Tische sauber. Ich sagte ganz betont »Hallo!« zu ihnen, aber das schien sie zu verängstigen. Heiland, wartet, was ihr zu sehen kriegt, wenn die Kneipen und Klubs morgens um vier ihre Kundschaft ausspeien. Dann würden sie erfahren, was Angst war. Sowohl Polizei als auch Taxifahrer mieden die Zeit der Kampfhandlungen. Die Jungs sind ja nicht blöd. Brendan kam im Anzug, meinem jüngsten Einkauf bemerkenswert ähnlich. Ich sagte:

»Die chemische Reinigung kriegen sie umsonst dazu.«

»Wer?«

»Die Leute beim Heiligen Vincent de Paul.«

»Woher wissen Sie das?«

»Ich bin Detektiv.«

Er sah in die Runde, und ich fragte:

»Warum treffen wir uns hier?«

»Die machen hier so gute Curry-Fritten.«

»Wollen Sie welche?«

»Oh nein. Die habe ich aufgegeben. Als Buße.«

Ich beließ es dabei. Hätte nur das ganze ekklesiastische Chaos heraufbeschworen. Ich überreichte ihm ein Bündel Banknoten und sagte:

»Für die Missionsarbeit.«

»Was brauchen Sie von mir?«

»Ronald Brysons Adresse und die Zeiten, wenn er nicht zu Hause ist.«

Er nickte, fragte:

»Sie haben ihn getroffen?«

»Ja.«

»Ist er der Betreffende?«

»Er ist der Betreffende.«

Ich nahm mein Handy mit zum Rendezvous. Ich nahm es selten irgendwohin mit. Ich muss mehr vor die Tür gehen. Wenn es klingelt, kommt mir vor Schreck innerlich die Scheiße hoch, und ich schwöre: »Nie wieder.« Nur Jeff, Sweeper und Keegan hatten die Nummer. Gab mir ein künstliches Gefühl der Kontrolle. Zog mich eindruckschinderisch an. Trug das nunmehr quietschende Leder. Ein Tag im Regen von Galway würde ihm das austreiben. Ein weißes Hemd und ganz weich verblichene Jeans. Man zieht sie an, und der Körper wiegt sich zur Melodie von »Danke für jeden neuen Morgen«. Die fast weiße Farbe zwischen Stein und Zerfall. Dann die Bally-Stiefel. Ach, Kiki.

In der Stadt kamen mir zwei Polizisten entgegen. Insgesamt mochten sie zwanzig Jahre alt gewesen sein. Ich sagte in der Mundart von Galway:

»*Min.*«

Sie sagten:

»Sir.«

Wie alt war das denn?

Bei Garavan's steppte der Bär. Das alte Galway streicht dort noch immer herum. Ein Schulfreund sagte:

»Jack.«

Ich sagte:

»Liam.«

Mehr nicht. Irische Wärme in ihrer besten Form; d. h. total untertrieben. Habe ich kein Problem mit. Laura saß hinten, stand auf, um mich zu begrüßen. Trug etwas, was man nur als Schlüpfer bezeichnen kann. Es enthüllte alles. Sie machte eine Pirouette. Ich sagte:

»Wow!«

»Es ist ein Wow?«

»Und wie.«

Ich fragte mich, ob das Kleid dranblieb, wenn sie sich hinsetzte. Sie sagte:

»Man nennt es Futteral.«

»Ich werde nichts dagegen vorbringen.«

Ich hätte Taschentuch gesagt, aber bitte. Sie roch toll, deswegen sagte ich ihr das. Sie sagte:

»Es ist Paris.«

»Das ist es bestimmt. Was trinkst du?«

»Metz.«

Ich dachte, sie macht Spaß, und fragte:

»Machst du Spaß?«

»Nein, das trinke ich immer.«

»Das trinken die Penner, fast 70%.«

Sie verstand gar nichts, sagte:

»Das ist in einer silbernen Flasche, mit Schnaps und O-Saft, und in schwarzen Buchstaben steht Metz drauf.«

»Oh.«

Blöd wie ein Pferdearsch ging ich an den Tresen. Regalweise das Zeug, zusammen mit den anderen Alkopops. Ein gottverdammter Übelstand ist das. Kam damit und einer *pint* zurück, fragte:

»Brauchst du ein Glas?«

»Oh Gott, bloß nicht.«

In meiner Jugend trank man aus der Flasche, weil es keine Gläser gab. Das Handy klingelte. Ich wollte nicht drangehen, aber was war, wenn Sweeper verletzt war? Es war Jeff; seine Stimme klang nach Verletzung:

»Jack.«

»Jeff, wie läuft's?«

»Cathy hat das Baby gekriegt.«

»Oh, toll. Geht es ihr gut?«

»Ich weiß nicht. Könntest du kommen?«

»Schon unterwegs.«

Sagte es Laura. Sie fragte:

»Junge oder Mädchen?«

»Äh ...«

»Wie viel wiegt es?«

»Äh ...«

»Jack.«

»Mensch, Laura, das sind Frauenfragen; Männer denken nie daran, so was zu fragen.«

Jedenfalls keine, die ich kannte.

Sie sagte:

»Dann beeil dich mal lieber.«

»Und was machst du?«

»Kann ich in Hidden Valley warten?«

»'türlich.«

Ich gab ihr die Schlüssel. Sie sah die wundertätige Medaille.

»Bist du Unserer Lieben Frau in besonderer Hingabe verbunden?«

Irische Frauen, sie bringen einen immer wieder um. Sie jonglieren einen Mix aus stumpfnasigem Wirklichkeitssinn und einer alles zum Schmelzen bringenden Schlichtheit. Wenn man gerade glaubt, man hat sie durchschaut, sprengen sie einen in die Luft. Ich sagte:

»Jeff hat es mir geschenkt.«

»Dann kommt mit dem Baby alles in Ordnung.«

Sie beugte sich vor, gab mir einen Knallkuss und sagte:

»Ich bin bis zum Arsch in dich verknallt.«

Wie gesagt, sprengen einen in die Luft.

Das war die Zeit, die Zeit von Serena May.

In der Dominic Street nahm ich mir ein Taxi. Er fing an:

»Wissen Sie, woran es bei Manchester United hapert?«

Als ich beim Krankenhaus ausstieg, sagte er gerade:

»Wissen Sie, wer dran schuld ist, meiner Meinung nach jetzt?«

Jeff war im Empfang und sagte:

»Gehen wir raus, ich muss eine rauchen.«

»Du hast aber doch aufgehört.«

»Jack ... Als brauchte ich von dir eine Standpauke.«

Auch wieder wahr. Er sah grässlich aus. Ich hatte so oft Totalschaden, dass ich überrascht bin, wenn es mal jemand anderen trifft. Das erwähnte ich nicht. Ich schüttelte die Lullen locker, schoss das Zippo ab, er verschlang den Rauch und sagte:

»Wenn ich Kokser wäre, würde ich auf ex koksen.«

Seit ich Jeff kannte, war er immer Mr Cool gewesen. Nie Getue, keine Launen, alles easy, alles Roger. Diesmal hatte das Leben ihn bei den Klöten zu fassen gekriegt. Ich sagte:

»Gratuliere ich jetzt ..., kaufe Zigarren oder was?«

»Sie hat das Baby gekriegt.«

»Junge oder Mädchen ... äh ..., und wie viel wiegt es?«

»Ein Mädchen. Woher soll ich wissen, wie viel sie wiegt? Sie ist doch noch so winzig klein.«

Da! Genau da lag der Unterschied. Jeff aus *Der große Lebowski* war Vater. Alles im Tonfall untergebracht. Vom Hippie zum Beschützer in wenigen Worten. Wirklich erstaunlich. Es hatte ihn voll erwischt.

»Wir sind schon den ganzen Tag hier. Cathy, Mannomann, sie ist Gold wert. Dann um sechs, haben sie gesagt, sie müssen einen Schnitt vornehmen. Mir sofort kotzübel, Jack. Die Krankenschwester kommt runter, gibt mir Cathys Schmuck, ich denke, sie ist gestorben. Scheiße, das war das Ende der ganzen Welt. Sie verlieren, und ich bin total im Arsch.«

Einen Augenblick lang war er das auch, dann klinkte er sich wieder ein.

»Um zehn vor sieben sagen sie: ›Glückwunsch, Sie sind Vater‹, aber sehr gedämpft, Mann. Ich wusste, da fehlt was. Sie zeigen mir dies kleine Bündel, und es ist meine Tochter. Ich versteh nichts von Babys, Jack, aber sie kommt mir so … lahm … vor, schlapp. Der Kinderarzt kommt an und sagt: ›Es tut mir so leid, aber Ihr Baby hat Down-Syndrom.‹«

Ich denke, jetzt kippt er mir um.

»Jeff, eh, Alter, kann ich dir was holen, Tee, Kaffee …, was zu trinken?«

Er nimmt sich noch eine Fluppe, zündet sie aber nicht an, sagt:

»Ich kapier es einfach nicht, ist es zystische Fibrose, der absolute Graus? Ich kann die Namen kriegen, aber nicht die Einzelheiten. Hier ist die Melodie, Kumpel, aber mit dem Text können wir nicht dienen.«

Lange Pause, in der er um den zweiten Atem ringt, dann:

»Okay, der Typ erklärt es. Sie hat ein Chromosom zu viel; sie ist ein milder Fall, das heißt, sie wird sechs Monate pro Jahr brauchen, um andere Kinder einzuholen. Ich gehe runter zu Cathy, und weißt du, was sie sagt, Jack?«

Ich schüttelte den Kopf. Sprechen …? Ich konnte nicht mal rauchen.

»Sie sagt: ›Schatz, ich habe dich enttäuscht.‹ Ich werde diese Worte bis ins Grab mit mir herumschleppen. Die Krankenschwester überreichte mir das Baby, und Cathy fragt: ›Liebst du sie, Liebling?‹«

Dann gab er sich einen Riesenruck, gab mir die Zigarette zurück und sagte:

»Nein, die werde ich nicht brauchen.«

»Guter Mann; hast schließlich eine Tochter großzuziehen.«

Sie nannten sie Serena May. Serena wegen des Karmas und May wegen »May all her dreams come true«. Trugen mir die Gevatterschaft an. Jeff hatte mich nach oben gebeten, damit ich Mutter und Tochter sehe, und in diesem Krankenhauszimmer kam ich mir wie ein Eindringling vor. Zunächst machte ich Bedenken geltend, sagte:

»Ich bin nicht so der Patenonkeltyp.«

Cathy sah mich *so* an, und ich fügte hinzu:

»Es wäre mir eine große Ehre, als ihr Wächter zu fungieren.«

Jeff überreichte mir das Baby, und ich protestierte nach Männerart, bis Cathy sagte:

»Jetzt mach hin und übe deinen schlechten Einfluss aus.«

Nahm sie. Dieses kleinwinzige Wesen, nicht mehr Gewicht als eine halbe *pint*, schlägt die Augen auf und kuckt. Ich sagte:

»Sie überprüft mich.«

Jeff sagte:

»Kein Wunder; der Patenonkel war mal Bulle.«

Da wurde mir einen flüchtigen Augenblick lang klar, was Thomas Merton wusste. Serena hatte kein Chromosom zu viel –, wir waren es, die Normalen, denen der zusätzliche Funke fehlte. Hätte ich diesen Augenblick etwas länger festhalten können, hätte ich nur die Energie dazu aufgebracht. Dann brauchte ich kein Vergessen mehr. So ein Wissen ist ein Schock, und nur wenige können damit sorgsam umgehen. Ich konnte es noch weniger, als ich angenommen hatte.

Gegen vier wieder im Hidden Valley. In der Küche Licht an. Laura auf dem Sessel zusammengekauert, und sofort ging es los:

»Er war hier, er hat gewartet, als ich reinkam. Zuerst habe ich ihn nicht gesehen und einen furchtbaren Schreck gekriegt. Das fand er offenbar komisch. Er hat gesagt, er ist Sozialarbeiter, und er nimmt seine Arbeit ernst und dachte, er macht mal einen Hausbesuch, weil du so viel trinkst. Er hat gefragt, ob ich deine Frau oder sogar Ann Henderson bin, und dann hat er gesagt, dass du, für einen Alkoholiker, ganz schön Schlag bei Frauen hast und woran das wohl liegt. Ob ich keinen normalen Typ finden kann oder ob mir das einen perversen Kick verschafft.«

Dass sie jetzt unkontrollierbar zitterte, schaffte mich noch mal gesondert. Ich ging zu ihr, beugte mich herunter, sagte:

»Jetzt ist es gut. Ich bin hier und werde dich nicht verlassen.«

Sie griff nach mir, zog mich ganz nah ran und sagte:

»Er hat gesagt, er ist ein Freund von dir, Jack.«

»Okay ... Hat er dich angefasst?«

»Nein.«

»Bist du sicher?«

»Jack, er hat mir Angst gemacht.«

»Ist alles in Ordnung, ehrlich; wir gehen ins Bett, ich halte dich ganz fest, und nie wieder wird so was passieren.«

Sie glaubte mir. Als sie in den Schlaf abdriftete, eng um mich gewickelt, wollte ich mir nur noch die 9 mm schnappen, direkt hingehen und ihm seinen scheißkranken Kopf wegpusten. Solche Momente beeinflussten definitiv alles, was später geschah. Wenn ich mich auf eine bestimmte Sekunde festlegen sollte, in der ich die schlimmste Fehlentscheidung meines Lebens getroffen habe, würde ich sagen, in der Sekunde hat es angefangen.

Brendan Flood klingelte am nächsten Tag um 12. Hatte Brysons Adresse und Arbeitsplan. Ich fragte:

»Wie haben Sie diesen ganzen Kram besorgt?«

»Den Seinen gibt's der Herr.«

»Kann man wohl sagen.«

»Ich habe Sie in unserer Gruppe erwähnt.«

»Gruppe?«

»Wir treffen uns zum Gebet, sprechen den Rosenkranz, bitten um Heilung.«

»Verstehe.«

Verstand ich?

»Ihr Name wird die nächsten neun Wochen geäußert werden.«

Neun Wochen, 9 mm ... Munition aller Art.

»Danke. Glaube ich zumindest.«

»Spotten Sie nicht, Jack. Wunder geschehen; sehen Sie sich an, wie ich bereut habe.«

Das machte mir Sorgen. Ich rief in Jury's Hotel an und bekam einen Keegan, der sehr groggy war. Ich fragte:

»Können wir uns treffen?«

»Oh Gott, wie spät ist es? In welchem Land bin ich?«

»Irland.«

»Scheiße, ich dachte, ich wäre wieder zu Hause.«

»Kannst du bis drei das GBC finden?«

»Ist das eine Kneipe?«

»Es ist ein Café.«

»Keine Kneipe?«

»Wir haben zu arbeiten.«

»Dann wäre eine Kneipe besser.«

Und er legte auf.

Ich überlegte, ob ich die Pistole mitbringen sollte, aber war Keegan nicht Waffe genug? Er war noch nicht da. Ich bestellte einen Tee. Die Kellnerin sagte:

»Wir haben herrliche Scones.«

»Das sagt meine Mutter auch.«

Sie legte die Ohren an, das ganz große Interesse, und fragte:

»Kenne ich Ihre Frau Mutter?«

Zeit, ihr das Maul zu stopfen; ich sagte:

»Kaum; sie ist tot.«

Keine weiteren Nettigkeiten. Als Keegan ankam, wurde er kurz abgefertigt und sagte:

»Der erste unerfreuliche Mensch in ganz Irland.«

»Meinst du? Sie hat mir Scones angeboten.«

»Soll sich gehackt legen.«

Trotzdem kam er mir bemerkenswert kregel vor. Ich erwähnte es. Er zog einen silbernen Flachmann hervor. Er trug das Wappen von Galway. Er sagte:

»Meine Mausi hat ihn mir besorgt. Da ist Potiehn drin.«

»*Poitín*.«

»Habe ich das nicht gesagt?«

»Doch, hast du gesagt.«

Er nahm einen strammen Schluck, sagte:

»Argh ..., und schon sieht die Kellnerin besser aus. Auch mal?«

»Nein, danke. Bryson war bei mir zu Hause.«

Dann referierte ich die Vorkommnisse der letzten Tage, einschließlich Jeffs Baby. Er sagte:

»Down-Syndrom. Da war ein Schurke in meinem Revier, der hatte so eine kleine Tochter.«

»Wie war sie?«

Seine Miene erhellte sich.

»Chelsea, ja, ich weiß noch, wie sie hieß. Sie war eine Schönheit, plus ein Sonnenscheinchen. Ich hab sie leider benutzt, um ihren Alten festzunageln.«

»Was?«

»Nun komm mir nicht fromm, Jacko. Ich bin Bulle und kein sehr netter Mensch, weshalb wir jetzt folgerichtig hier sitzen und ich mich von einer hässlichen Fotze wie dieser Kellnerin bekümmern lassen muss.«

Er sah zu ihr hinüber. Sie wollte ihm gerade eine Speisekarte bringen, entschied sich aber, als sie sein Gesicht sah, dagegen. Er sagte:

»Wenn ein Stück Schmutz wie Bryson in mein Haus käme und meine Freundin in Angst und Schrecken versetzte, würde ich ihn unter die Erde bringen.«

Er sah tollwütig aus. In seinen Mundwinkeln sammelte sich Spucke. Er fuhr fort:

»Letztes Jahr hatten wir in Clapham einen Serienvergewaltiger. Die oberen Ränge benutzten meine Kommissarin als Köder. Haben sie praktisch zum Trocknen nach draußen gehängt, die leichtsinnigen Schweinehunde. Ihre Unterstützung wurde aufgehalten. Ich nicht.«

»Und was ist passiert?«

»Er hatte sie auf dem Boden, Schlüpfer runtergerissen, Messer an der Kehle, Sauereien gebrüllt. Ich zog ihn von ihr runter, und weißt du, was er gemacht hat?«

»Nein.«

»Er hat mich ausgelacht, gesagt, in sechs Monaten ist er raus, dann knallt er sie richtig.«

»Stimmt das … nach so kurzer Zeit?«

»Wahrscheinlich noch schneller.«

»Und was hast du da gemacht?«

»Ihm geholfen, auf sein Messer zu fallen.«

»Was?«

»Du hast es doch gerade gehört. Sollten wir nicht allmählich mal los?«

Ich sagte:

»Linse mal unauffällig zu dem Ecktisch bei der Tür.«

Er linste.

Ein gut angezogener Mann, offenbar zutiefst betrübt, schüttete einem Paar mittleren Alters sein Herz aus. Die beiden hörten aufmerksam zu, ließen sich kein Wort entgehen. Keegan fragte:

»Was läuft da, eine Abzocke?«

»Wenn Mitgefühl eine Abzocke ist, dann allerdings. Er erzählt ihnen in gebrochenem, aber schön akzentuiertem Englisch, wie er eine kleine Tasche in einer Café-Ecke vergessen hat. Aber jetzt ist er fassungslos, so viele Cafés, eins sieht aus wie ’s andre. Seine ganzen Wertsachen sind drin, Ticket, Pass, Kreditkarten.«

»Der räudige Bastard. Was springt für ihn raus?«

»Er will gar nichts, zumindest nichts Materielles. Ihn macht das Mitgefühl der beiden an, ihre vereinte Bestürzung angesichts seines Missgeschicks.«

»Kennst du ihn?«

»Klar, er war mal Polizist.«

»Jemand sollte ihm was an die Backe hauen.«

»Warum? Das ist das hochgelobte ›opferlose Verbrechen‹ in all seinem klassischen Glanz. Alles, was er ihnen raubt, ist ihre Zeit und ein Tröpflein von ihren Gemütsbewegungen.«

Wir gingen hinaus, und ich sagte:

»Bryson hat ein Studio-Apartment in der Nähe des Hafens.«

Keegan hatte den Deal mit dem Mitgefühl noch nicht verarbeitet.

»Dies ist ein seltsames Land, und du, Jack, bist vielleicht sein seltsamster Bewohner.«

»Och, Keegan, komm, sag nicht, du hättest solche Typen nicht auch in deinem Revier.«

»Tausende. Aber in London würde er sich ihre Adresse besorgen, an einem schlappen Dienstag angesaust kommen, die Frau vergewaltigen und den Mann enthaupten.«

»Das ist passiert?«

»Ich hatte mal einen Hund, Meyer Meyer nach einer Figur von Ed McBain, einen Mischling. Ich habe gehört, Hunde sind prima zum Aufreißen von Mausis.«

»Und hat es geklappt?«

»Er hat die Mausis gekriegt und ich die hässlichen alten Tölen. Manche kläffen immer noch.«

Ich lachte.

»Damals war ein Psycho zugange, die Zeitungen nannten ihn ›die Fackel‹. Er hat Meyer mit Benzin übergossen und ein Streichholz drangehalten.«

»Heiland.«

»Ich hab den ollen Meyer gemocht, er hat mir angenehm Gesellschaft geleistet.«

»Was hast du mit der Fackel gemacht?«

»Nichts.«

»Komm schon, Keegan.«

»Wir haben ihn nie geschnappt.«

»Oh.«

»Auch meine Halbwahrheiten waren heftig untertrieben.«

Phyl Kennedy

Christopher Quarrie, der Drehbuchautor von *Die üblichen Verdächtigen*, wurde mit *The Way of the Gun* Regisseur und hat mal erzählt:

»Ich hatte Angst davor, James Caan zu beschäftigen, weil ich alles Mögliche über ihn gehört hatte. Am Set hat er dann gleich als Erstes zu mir gesagt: ›Sie perverse Sau.‹ Ich glaube, über mich hatte er auch alles Mögliche gehört.«

Dies erzählte ich Keegan, als wir uns der Merchants Road näherten, nur einen Fischdampfer vom Hafen entfernt. Ich fragte ihn:

»Wie spielen wir das jetzt?«

Er lächelte sardonisch und sagte:

»Korrekt.«

Er zog Schlüssel hervor und schloss uns die Haustür auf. In den 1. Stock, zur Nr. 107, das Apartment. Keegan wieder mit den Schlüsseln, und wir waren drin. Die erste Wahrnehmung war Geruch, Gestank von Räucherstäbchen. Keegan sagte:

»Unser Junge raucht gern was.«

»Er raucht Weihrauch?«

»Ermittle weiter.«

Ich versuchte es.

Ein großes Wohnzimmer, das aussah wie eine Müllhalde. Vorleger auf dem Fußboden, überall verstreute Kleidungsstücke. Keegan sagte:

»Räumt gar nicht schön auf, das Bürschlein.«

Die Küche war das Chaos. Ausgediente Fast-Food-Pappen auf jeder Oberfläche. In der Spüle Stapel von Geschirr. Keegan befahl:

»Du machst das Wohnzimmer, ich mache Unordnung im Schlafzimmer.«

Ich fand einen Stapel *Time Out*, das Ausgehmagazin, die Seiten mit den Tipps für Schwule besonders eselsohrig. Auf dem

Tisch lag *Gore Vidal* von Fred Kaplan. Das rief ich Keegan zu und merkte an:

»Scheiße, das ist sogar signiert.«

»Von Fred oder von Gore?«

Ich war beeindruckt von der Frage. Er kam mit einem Stapel Zeitschriften aus dem Schlafzimmer und sagte:

»Hardcore-SM, schwul, Fetisch und der immerwährende Favorit –, Schmerz.«

»Genügt nicht als Beweis, oder?«

»Beweise sind stark überbewertet.«

»Nicht vor Gericht.«

»Das glaubst aber auch nur du. Siehst du dir im Fernsehen nie *Die Praxis* an?«

Wir stöberten weiter, fanden aber nichts mehr. Als wir gingen, steckte ich mir den Vidal ein. Keegan sagte:

»Den Verlust wird er bemerken.«

»Ich weiß.«

»Und das halbe Kilo Gras?«

»Du hast seinen Stoff mitgenommen?«

»Oder umgekehrt.«

An jenem Abend befüllte ich das Bücherregal. Ich hatte Charlie Byrne's wieder einen Besuch abgestattet und war voll beladen davongegangen. Ich war nicht analfixiert, brauchte diese Bände nicht im Autorenalphabet oder ordentlich ausgerichtet. Nein, ich mischte lieber. Stellte Paul Theroux neben Marco Girolamo Vida (1490–1560). Das war gemein. Pellicanos kam neben Jim Thompson, Flann O'Brien neben Thomas Merton. In den letzten paar Monaten hatte ich *Haus aus Blättern* und *Herzzerreißendes Werk von umwerfender Genialität* gelesen und David Peace entdeckt.

Parat waren Ann Sextons Gedichte *Ins Irrenhaus und ein Stück wieder heraus*. Wieder ein dichtender Mensch, dessen Selbstmord und Geistesgestörtheit Schatten finst'ren Sich-Hineinversetzens warfen. Es schellte. Sweeper fiel fast zur Tür herein. Er hatte ein blaues Auge, blaue Flecken auf dem Gesicht, einen zerrissenen Anzug und Blut im Haar. Er hinkte zu einem Stuhl und sagte:

»Einen Whiskey, bitte, Jack Taylor.«

Ich machte ihm einen großen. Er stürzte ihn herunter, und ich gab ihm eine Zigarette. Ich sagte:

»Sie haben mit Anzug gekämpft?«

»Das war keine Herausforderung.«

»Ging es um was anderes?«

»Es ging um etwas anderes, das könnte man sagen.«

Er fixierte mich mit diesen dunklen Augen und fragte:

»Was halten Sie von uns *tinkers?*«

»Das müssen Sie fragen?«

»Heute ... ja.«

»Ich arbeite mit euch und bin froh darüber.«

Diese Augen sahen mich unbewegt an.

»Und wenn wir nebenan wohnten, Jack Taylor, wie wäre das?«

»Lebhaft.«

Ein kurzes Lächeln.

»Mal sehen, wie wahr das ist.«

»Sie glauben mir nicht?«

»Kommen Sie.«

Der Van stand in der Gasse, große Dellen in der Karosserie. Ich fragte:

»Mensch, was ist passiert, sind Sie mit Steinen beschmissen worden oder was?«

»Genau.«

Er schaltete in den ersten Gang und fragte:

»Wissen Sie, was ein Verweilgrundstück ist?«

»Wo sie die Clans unterbringen, wie ein Campingplatz.«

Das amüsierte ihn. Er murrte:

»Campingplatz; wie normal sich das anhört.«

Der Gestank der Herablassung wehte mich aus diesen Worten an. Ich sagte:

»He, Sweeper, nicht in diesem Ton. Was auch passiert ist, ich habe nichts damit zu tun. Ich gehöre zu euch, schon vergessen?«

Eine Bitterkeit arbeitete sich von seinen Augen bis zu seinem Mund, brachte einen nervösen Tic dazu, oberhalb seiner Lippen zu vibrieren. Er kratzte die Oberlippe, sagte:

»Sie sind aus einer sesshaften Gemeinschaft. Egal, wie sehr Sie sich als Rebell empfinden, Sie gehören zu denen.«

Ich ließ ihm das durchgehen, fand es aber echt scheiße. Schüttelte mir eine Zichte heraus. Sweeper bestellte:

»Machen Sie zwei an.«

Das Kind in mir wollte johlen:

»Kauf dir selber welche.«

Ich zündete sie an, gab eine weiter. Er sagte:

»Ich habe Sie verletzt, Jack Taylor.«

»Schon gut, Kumpel.«

Er konzentrierte sich aufs Fahren. Der Zigarettenrauch gesellte sich zu der dunklen Wolke, die über uns schwebte. In Dangan Heights hielt er an, und wir stiegen aus. Er nickte in Richtung des Tals und sagte:

»Sehen Sie.«

Ich sah hauptsächlich Rauch. Ich sagte:

»Feuer, Buschfeuer ... Ja und?«

»Das ist das Verweilgrundstück ..., der Campingplatz.«

Ich stellte meinen Blick scharf und sah Menschen, die benommen durch den Dunst wanderten. Erschöpfte Männer schafften Wasser heran, bemühten sich vergeblich, die Flammen zu ersticken. Kinder, barfuß, weinten und klammerten sich an Mütter. Kein Wohnmobil war unbeschädigt geblieben. Die, die nicht in Flammen standen, waren umgekippt oder verkohlt. Ich fragte:

»Wo sind die Polizisten?«

Er schnaubte verächtlich und fragte:

»Sie hören doch Nachrichten, oder?«

»Klar.«

»Haben Sie irgendwas hierüber gehört?«

»Nein.«

»Weil es nicht aktuell ist, keinen Nachrichtenwert besitzt.«

»Wer war das?«

»Die aufrechten Bürger, die man in der Kirche antrifft.«

Ich dachte an meine Mutter und erhob keinen Einwand. Ich sah sein Haar an, seinen Anzug, sagte:

»Sie waren dabei.«

»Ja, aber ich bin zu spät dazugekommen. Nicht, dass es was geändert hätte, wenn ich rechtzeitig gekommen wäre. Doch –, ich habe zwei von denen daran gehindert, einen meiner Vettern zu kastrieren.«

»Hört sich an wie *Das Wiegenlied vom Totschlag.*«

»Hört sich wie Irland heute an.«

»Was werdet ihr jetzt tun?«

»Wieder aufbauen. Das machen wir immer.«

»Ich weiß nicht, was ich sagen soll.«

Er klapste mir auf den Arm, sagte:

»Kommen Sie. Ich fahre Sie zurück.«

»Könnte ich da hinuntergehen, irgendwie helfen?«

»Ein Sesshafter wäre da weder heute noch an vielen folgenden Tagen willkommen.«

Wir fuhren schweigend zurück. Beim Haus sagte ich:

»Rufen Sie mich an, wenn Sie irgendwas brauchen.«

»Eins brauche ich, Jack Taylor.«

»Sagen Sie's.«

»Finden Sie heraus, wer mein Volk umbringt.«

»Welche Gesetze solltest du wohl zu fürchten haben,
wenn du tanzt
und über niemandes eiserne Ketten stolperst?«

Khalil Gibran, *Der Prophet*

Ich hatte keine Ahnung, wie ich Ronald Bryson kriegen sollte. Ihn zu erschießen fand ich am attraktivsten. Beweis, irgendeinen verdammten Beweis. Klar, ich hätte beten können, aber das fand ich nicht verlässlich genug. Nein, mit dem Glauben allein war der Mistkerl nicht festzunageln. Also tat ich, was ich immer tue, wenn ich nicht weiterkomme. Ich las. Das können Sie gern als Flucht bezeichnen. Ich bezeichne es als Gelassenheit. Mein neuester Fund war Robert Irwin. Eine Freude meines Herzens, ein Cambridge-Gelehrter und wilder Drogenkonsument. Mit dem hätte ich gern eine Kneipenbekriechung unternommen. Die wäre zum Erfolg verdammt gewesen. Sein brillantes Wahnsinnswerk, *Satan will mich,* war gerade wieder erschienen. Es spielt im swingenden London von 1967 und entzieht sich jeder Definition. Ich war davon so gebannt, dass Vinny mir *Ein exquisiter Leichnam* aufstöbern musste, über den Surrealismus von 1930. Man muss diese Bücher nicht unbedingt im Westen Irlands mit einer Linie Koks und einem großen Becherglas Black Bush lesen, aber, Heiland, es reichert den Flash nicht eben unwesentlich an. Meine Strategie beim Fertiglesen der beiden Bücher bestand darin, James Sallis wiederzulesen. Besonders seine Lew-Griffin-Romane, und dann befände ich mich in der perfekten Zone, um mich ins Chaos zu stürzen. Das Telefon klingelte. Ich verschluckte etwas Bush und ging ran.

»Jack!«

»Laura?«

Sie weinte, rang nach Luft. Ich sagte:

»Ganz langsam, Süße, ich bin ja da. Sag mir einfach, wo du bist.«

»In einer Telefonzelle am Eyre Square.«

»Bleib, wo du bist. Ich bin gleich da.«

Ich fand die Zelle mitsamt der aufgelösten Laura. Als ich die Tür öffnete, fuhr sie zusammen. Ich sagte:

»Alles okay ... Schsch.«

Ich wiegte sie in meinen Armen, eine Passantin starrte mich an und verschoss Gift mit den Augen. Ich sagte:

»Ich war's nicht.«

»Das sagen sie alle.«

Laura schob mir ein verkrumpeltes Paket entgegen. Das Zhivago-Logo. Sie sagte:

»Ich hab dir ein Geschenk besorgt, Jack.«

Das brachte mich fast um. Dies Gefühl noch auf die Wut draufgepackt, und man hat ein hochexplosives Gemisch. Ich brachte Laura zu einer Bank. Am einen Ende war ein Penner zusammengesackt und summte leise. Hörte sich an wie was von Britney Spears.

Muss man mal nachvollziehen.

Ich fragte:

»Was ist passiert, Schatz?«

»Ich hab mit Declan im Zhivago gesprochen, und da hab ich den Mann gesehen.«

»Welchen Mann?«

Als könnte ich das nicht raten. Sie sagte:

»Den englischen Heini, der in dein Haus gekommen ist.«

»Bryson.«

»Er ist mir aus dem Laden raus gefolgt.«

»Du hättest Declan was sagen sollen, der hätte ihm den Schuh in den Arsch gerammt.«

»Ich wollte keine Umstände machen.«

Und so gedeiht das Böse und breitet sich immer weiter aus, weil anständige Menschen keine Umstände machen wollen. Sie erzählte weiter:

»Er war so gruselig. Ich bin bis Faller's gekommen, dann hatte er mich eingeholt. Er hat gesagt: ›Nicht so hastig. Ich werde Ihnen nichts zuleide tun. Ich möchte, dass Sie unserem Jack etwas überbringen, würden Sie das wohl tun?‹ Ich habe gesagt, das mach ich, und da hat er mir ins Gesicht gespuckt.«

Ich wischte ihr das Gesicht ab, als wäre die Spucke immer noch dran. Ich fühlte mich fast blind vor Wut. Half ihr auf, sagte:

»Ich bringe dich zu Freunden von mir, okay?«

Sie klammerte sich an mich, flehte:

»Du lässt doch nicht zu, dass er mir was tut, Jack?«

»Ich garantiere es, meine Süße.«

Ich brachte sie zu Nestor's. Jeff machte Tresendienst, der Wachposten saß an seinem gewohnten Plätzchen. Ich setzte Laura auf den harten Stuhl, ging an den Tresen. Der Wachposten fragte:

»Haben Sie *noch* eine Ehefrau?«

Ich sagte zu Jeff:

»Dieses Mädchen hatte einen Schock. Würdest du dich bitte kurz um sie kümmern?«

Er hob die Braue, sagte aber:

»Ich hol Cathy.«

»Wie geht es Serena May?«

»Gut.«

»Ich bin in ein paar Minuten wieder da.«

Der Wahnsinn brannte. Ich hätte mir jeden geschnappt.

Jeff sagte:

»Tu jetzt nichts Verrücktes.«

»Was soll das heißen?«

Er hob die Hände, als gäbe er auf, und sagte:

»He, lass es, Kumpel. Du solltest mal dein Gesicht sehen.«

Ich haute ab.

Hetzte durch die Forster Street. Ich hörte, wie mein Name gerufen wurde. Ignorierte es, hetzte weiter. Wurde am Arm gepackt. Fuhr herum und sah Keegan. Er sagte:

»Mach langsam, Junge.«

»Verpiss dich.«

Er ließ meinen Arm nicht los und sagte:

»Es ist lange her, dass das jemand zu mir gesagt hat, Jack.«

»Lässt du jetzt endlich meinen Arm los?«

»Sag mir, was du gerade tust, Jack.«

Ich ließ einen langen Seufzer frei, einen, auf den meine Mutter stolz gewesen wäre. Konnte spüren, wie sich etwas von der weißen Hitze auflöste. Ich wollte mich aber noch nicht von ihr trennen und sagte:

»Ich werde diesem Scheißkerl den Kopf abreißen.«

»Gar nicht klug, Jack.«

»Scheiß auf klug. Du hast selbst gesagt, du würdest jeden allemachen, der dein Mädel anfasst.«

Er nickte:

»Aber nicht vor Zeugen. Lass mich hingehen, die Lage pellen. Du bleibst hier, rauchst ein Zigarettchen, sortierst dich.«

Es ergab Sinn, also sagte ich:

»Okay, bis demnächst.«

Ich sah ihm nach, wie er zum Grün ging und in Richtung Simonsgesellschaft abbog. Sogar aus der Ferne konnte man die geballte Bedrohlichkeit seiner Körperhaltung erahnen. Ich versuchte, nicht an den Schaden zu denken, den ich anrichten wollte. Saß auf dem Mäuerchen, Lieblingssitzplatz vieler Trink-Akademien. Die Methylalkoholika, die hier die Runde machten, wurden nicht in einer schicken Flasche abgegeben oder in trendigen Pubs vorrätig gehalten. Nein, es war echter Fusel, das, was sie in Südost-London »Jack« oder »White Lady« nannten, 57 %iger Brennspiritus. Ich hatte selten davon gekostet.

Ließ meine Gedanken zu Büchern wandern. Tommy Kennedy hatte gesagt:

»Es wird Zeiten geben, da Bücher die einzige Zuflucht sind.

Dann wirst du lesen, als wäre es dir ernst, als hinge dein Leben davon ab.«

Mein Leben und bestimmt meine geistige Gesundheit waren durch tausend dunkle Tage hindurch zu Büchern geflohen. Beschloss, mir James Sallis und seine Chester-Himes-Biografie vorzunehmen. Ich hatte alles von David Gates wiedergelesen. Sein *Jernigan* wäre die Beschreibung meines Lebens, wenn ich Schulbildung gehabt hätte. Hörte:

»Jack!«

Klinkte mich wieder ein, sah Keegan an. Er fragte:

»Mensch, Jack, wo warst du denn?«

»Ich war hier.«

»Nicht, wenn man nach deinen Augen geht. Ich sag dir eins, Büblein, du wirst vom Nasenkram runtermüssen; der brät dir das Gehirn.«

»Ich habe an Bücher gedacht.«

»Plädoyer beendet.«

Ich stand auf, fragte:

»Und? Was war?«

»Er ist abgehauen, hat sich abgemeldet.«

»Scheiße.«

Verbindungen kreischten in meinem Kopf, kriegte sie nicht passend zusammen. Keegan sagte:

»Mein Ober hat mich aus London erreicht.«

»Wer?«

»Mein Oberinspektor.«

»Was hat er herausgefunden?«

»Unser junger Mensch stammt von Geld ab, von viel Geld. War auf den teuren Internaten, die ganze Qualitätsscheiße. Er ist tatsächlich Sozialarbeiter, so viel stimmt. Aber jetzt kommt's, er war bei mindestens zehn verschiedenen Einrichtungen. Entweder für Straßenalkoholiker oder für die Leute, die sich von den Gutmenschen ›randständig‹ nennen lassen müssen. Und überall ist er irgendwie im Stunk ausgeschieden. Keine konkreten Vorwürfe, aber definitiver Stunk. Wenn also Menschen verschwanden, wer, Scheiße auch, hätte was gemerkt? Dann tat er, was kluge Perverse tun: er emigrierte.«

Die Verbindung passte. Ich sagte:

»Er folgt Laura, absichtlich, wird tätlich, weiß, was sie dann macht. Dass sie mich anruft. Dass ich angerannt komme und mein Haus leer ist.«

Keegan nickte, sagte:

»Gehen wir hin.«

»Er wird da gewesen und wieder weggegangen sein.«

»Aber sehen wir doch mal, was er dir dagelassen hat.«

Auf dem Weg sagte er:

»Du denkst, Jack, dass ich die Iren nicht verstehe. Dass ich eine Art Plastik-Paddy bin.«

Ich wollte protestieren, aber er pflügte weiter.

»Nur weil ich prunkvolles Gerede liebe, heißt das nicht, dass ich blind bin. Meine Mutter war Irin, und wenn sie Kinder in England großziehen, sind sie irischer, als du je wirst ermessen können. ›Großgezogen? Ich habe dich nicht großgezogen, du wurdest bei Zimmertemperatur aufbewahrt wie Fruitfield-Marmelade‹, hat sie immer gesagt. Du magst hier gelebt haben, Burschi, aber ich wurde verdammtescheißenochmal drin mariniert. Ich wusste, was ein Hurling-Schläger ist, bevor ich laufen konnte. Wenn sie ihn benutzte, konnte ich eindeutig nicht mehr laufen. Also tu mir einen Gefallen, Kumpel, markier mir gegenüber nicht den dicken Kelten.«

Eine Erwiderung wurde mir erspart, weil wir das Haus erreicht hatten. Die Tür war offen. Keegan machte:

»Oha.«

Und ging vor. Zuerst fiel der Geruch auf. Ein großer Kackhaufen in der Küche. Alles Geschirr war zerschmettert, und die Wände waren mit Exkrementen beschmiert. Im Wohnzimmer waren die neuen Bücher zerfleddert; was von ihnen übrig war, stapelte sich auf dem aufgeschlitzten Sofa und stank nach Urin. Keegan sagte:

»Ich werde eine Reinigungsfirma anrufen.«

Ich ging nach oben. Meine neuen Klamotten in Fetzen und ins Klo gestopft, ein Zettel auf dem Kopfkissen:

»Kommt Jack zum Spielen raus?«

Keegan rief:

»Schlimm?«

Das Koks war weg, aber, noch beunruhigender, die 9 mm ebenfalls. Ich ging mit mir zurate, ob ich es Keegan sagen sollte, als das Telefon klingelte. Er sagte:

»Ich geh ran.«

Ich hörte natürlich nur, was Keegan sagte, und das ging so:

»Jack kann gerade nicht. Oh, ich weiß, wer Sie sind, Ronald. Wer ich bin? Ich bin Detective Sergeant Keegan von der bekannten Londoner Stadtpolizei, und mir liegt ein ausführlicher Bericht über Sie vor, Sohnemann. Und erst die Zeugnisse vom Arbeitgeber. Na, das sind aber sehr unflätige Ausdrücke. Ja, ich habe Ihre hiesigen Aktionen gesehen. Sehr beeindruckend. Ich hoffe doch, Sie haben sich den Arsch abgewischt. Nicht so laut, Ron, na bitte, braver Junge. Sie verlassen das Land? Denken Sie drüber nach, mein Kind: Eines nicht allzu fernen Tages wird Ihnen jemand auf die Schulter klopfen, und raten Sie mal, wer das sein wird. Wir haben etwas gemeinsam ... Oh ja, ich habe eine sehr zwielichtige Vergangenheit. Ich bin das Tier, bei dem ihr *Guardian*-Leser Orgasmen kriegt. Nein, nein, Ronald, machen Sie sich keine Sorgen wegen der Rechtsprechung, denn ich werde mir ganz gewiss keine machen. Sie werden Gelegenheit bekommen, noch mal in die Hose zu scheißen, und ich werde dafür sorgen, dass sie alles hübsch wieder aufessen. Okey-dokey, tschüssikowski … War nett, mit Ihnen zu plauschen.«

Ich stand neben Keegan, als er auflegte, und fragte:

»Haut er ab?«

»Sagt er.«

»Ich hatte hier eine Pistole; die ist weg.«

»Keine Sorge, die muss er auch aufessen.«

»Ich glaube nicht, dass er jetzt schon abhaut.«

»Ich auch nicht.«

Keegan sagte, er sieht in den Gelben Seiten nach und lässt das Haus säubern. Mir befahl er:

»Geh zu deinem Mädchen.«

»Danke, Keegan.«

»Ist nichts Dolles. Mach ich immer. Räum Scheiße weg.«

»Ich komme mir so komisch vor, wenn ich immer Keegan zu dir sage. Wie heißt du mit Vornamen?«

»Du kommst dir komisch vor! Das ist ja schade. Da musst du drüber weg.«

*»Alle Insulaner, egal, von welchem Volk,
leben mit einer gewissen Sehnsucht. Es ist eine Art von Reise,
die aus Furcht vor der unbekannten Welt in Schach gehalten
wird. Weiße machen einfach eine Ästhetik daraus.
Auf einer Insel zu leben ist Entschuldigung genug,
zu Hause zu bleiben und zu träumen.«*

John Stralley, *Seelenverkäufer*

Bei Roches verkauften sie Plaketten zum Anstecken. Ich war fast dran vorbei, als mir der Name auffiel; legte einen Geldschein in den Karton, nahm zwei Plaketten. Steckte mir die eine an den Rockaufschlag und die andere in die Tasche. Als ich zu Nestor's kam, sah Jeff Sky News und sagte:

»Eine zweite Nachzählung, aber ich glaube, Bush hat's ins Weiße Haus geschafft. Oder in den Knast.«

Der Wachposten fragte:

»Lebt McGovern noch?«

Niemand antwortete, deshalb fügte er hinzu:

»Carter habe ich wegen der Erdnüsse gemocht.«

Jeff sagte:

»Dem Mädchen geht es gut. Sie ist oben bei Cathy und dem Baby.«

Er sah das goldene Glitzern auf meinem Revers und fragte:

»Was ist das für ein Abzeichen? Doch wohl nicht von den Pionieren?«

Ich ging näher ran, damit er es besser sehen konnte. Es waren zwei Hände, deren Finger einander kaum berührten. Er fragte:

»Wer wird damit unterstützt?«

Ich holte tief Luft, wusste, dass dies furchtbar schiefgehen konnte, und sagte:

»Die Down-Syndrom-Vereinigung. Sie steht für die Gesellschaft der Normalos, die ihre Hand ausstreckt, um ...«

Ich verstummte, hatte es so schlecht wie nur möglich rübergebracht. Er sagte:

»Gefällt mir.«

Ich holte das zweite Abzeichen aus der Tasche und sagte:

»Hier.«

Er hielt es in der Hand, sagte:

»Du hast was riskiert.«

»Du kennst mich doch, Jeff, segle immer hart am Wind.«

Er steckte es sich ans Hemd, sagte:

»Weiß es zu schätzen.«

Oben umarmten alle das Baby. Cathy sah sich alles mit verzaubertem Gesichtsausdruck an. Ich fragte:

»Allen geht es gut?«

Cathy lächelte, sagte:

»Besser denn je.«

Verbrachte dort den Nachmittag. Es gelang mir, einige langsame *pints* zu trinken, nichts Ernstes. Ich wäre in eine Flasche Whiskey gekrochen, aber dann hätten sie mich ermordet. Ließ es also gemächlich angehen. Cathy machte Irish Stew, und es schmeckte fantastisch. Laura fragte:

»Wie hast du das gelernt, du bist doch Engländerin?«

»Ich hab einfach alles reingetan, beim Fleisch und bei den Kartoffeln bloß nicht zimperlich, dann habe ich es eben gerade fast zu lange gekocht, und Jeff hat gesagt …: ›Und jetzt noch *poitín*.‹«

Sie sprach es aus wie eine Frau aus Connemara. In meinem unordentlichen Leben bin ich so selten Teil einer häuslichen Szenerie. Nicht, dass ich das nicht wollte. Klar wollte ich es, aber ich war nicht bereit zu den kleinen Akten der Hingabe, die uns dort hinanführen. Von Natur aus bin ich im Wesentlichen egoistisch, und um an einem Familienleben teilnehmen zu können, muss man anderen Platz machen. Außerdem war ich Meister in der Kunst der Sabotage. Um Oscar zu paraphrasieren: Jeder Alkoholiker zerstört das Image, nach dem er sich sehnt. Ich wollte mich besaufen können, wann ich wollte, und bis morgens früh lesen, wenn ich wollte, und konnte zugunsten von Gesellschaft nicht auf so was verzichten. Und trotzdem wäre ich liebend gern anders gewesen. In der Wärme einer Familie sitzen und unbekümmert sein. Aber an jenem Tag hatte ich Glück. Ich wusste, wie viel mir der Augenblick bedeutete. Gott sei Dank brauchte ich nicht erst zu warten, bis ich hinterher klüger war. Die Stürme, auf meiner Wetterkarte stets präsent, schienen weniger bedrohlich. Cathy verbalisierte, ohne es zu wissen, das Totengeläut und sagte:

»Das sollten wir öfter machen.«

Ich wusste so sicher wie das Amen in der Kirche, dass wir es nie machen würden. Das Wissen machte den Glanz stumpf, tilgte ihn aber nicht. Laura fasste mich unter, als wir zum Hidden Valley gingen. Sie fragte:

»Hat dir die CD gefallen?«

Heiland, ich hatte völlig vergessen, dass sie mir das Paket in die Hand gedrückt hatte. Ich hatte es in meine Jacke gestopft und nie wieder dran gedacht. Ich sagte:

»Ich wollte es erst aufmachen, wenn wir zusammen sind.«

»Och, du bist so romantisch, Jack.«

Kann man so sagen. Ich warnte sie:

»Das Haus ist in einem ziemlichen Zustand.«

»War das … er?«

»Nein, das waren Rüpel.«

Das Haus war makellos. Nichts deutete auf das Chaos hin. Sogar das Bücherregal war aufgefüllt, allerdings offenbar ausschließlich mit McBains achtzig Veröffentlichungen. Ich sagte:

»Wow!«

»Jack, das Haus sieht großartig aus.«

»Sieht es.«

Ich konnte nicht glauben, dass Keegan das Regal wieder aufgefüllt hatte. Das beeindruckte mich dumm und krumm. Die Bücher würde ich mir später genauer ansehen. Freude schlägt so ziellos zu, man muss sie sorgfältig rationieren. Ich sagte:

»Trinken wir was.«

»Gehen wir ins Bett.«

»Machen wir beides.«

Machten wir.

Es war gut. Kein Zweifel, ich verbesserte mich. Zum ganz heißen Traumliebhaber würde ich es nie bringen, aber die Konzentration war schon mal da. Was mir an Expertenschaft mangelte, machte ich mit Energie wett. Im Bette liegend, öffnete ich das Zhivago-Paket, sah die CD an, machte:

»Oh mein Gott.«

Sie setzte sich alarmiert auf:

»Gefällt sie dir nicht?«

Es war *Just Another Town* von Johnny Duhan. Ich sagte:

»Ich liebe sie, aber sie stößt eine Kiste voller Erinnerungen auf, die vielleicht über meine Kräfte gehen.«

Damals im Jahre 82 war ich noch in Uniform und ging mit einem Mädel aus Bohermore aus. Mann, ich habe diese LP zu Tode gespielt. Ein Titel, »Shot Down«, war praktisch der Atem, den ich einsaugte. Das Mädel sagte dann immer:

»Haben wir heute Johnny-Duhan-Tag?«

Hatten wir. Und das mehr, als jeder anständige Mensch ertragen konnte. In den dunklen Jahren hielt ich Schritt mit jedem Johnny-Duhan-Album. Seine Songs wurden immer tiefer, und ich schmierte endgültig ab. Bevor das Mädel mich verließ, sagte sie:

»Versteh mich nicht falsch, Jack, ich mag traurige Songs, aber du … Du brauchst sie.«

Ich wusste, dass sie recht hatte. Es hat nie eine Gelegenheit gegeben, da ich, wenn ich mit einer Blechblaskapelle konfrontiert wurde, nicht weinen wollte. Gehen Sie da mal mit dem Freud drüber. Später, als die CD spielte – mit »später« meine ich jetzt Wochen später – und Sweeper in der Küche saß und »Just Another Town« lief, sagte er:

»Das ist das erste Mal, dass ich meine Kindheit und Jugend als Lied höre.«

Ich gab ihm das Ding, was hätte ich sonst tun sollen? In den schrecklichen Monaten der Seelendunkelheit nach diesen Geschehnissen habe ich mir den gesamten Duhan-Katalog noch mal gekauft. So erreicht mich sonst nur Emmylou Harris.

Zurück zu Laura. Ich schüttelte den Kopf, als könnten dadurch die Erinnerungen gelöscht werden, und sagte zu ihr:

»Du hättest mir überhaupt nichts Besseres besorgen können.«

»Eigentlich wollte ich Elvis kaufen. Magst du Elvis?«

»Schatz, ich beurteile Menschen danach, ob sie ihn mögen oder nicht.«

Sie strahlte, wie man nur strahlen kann. Heutzutage wäre es mir lieber, wenn ich ihr Glück nie erlebt hätte. Die Grube öffnet sich, und ich rausche kopfüber hinein. Sie sagte:

»Ich habe dir ein Gedicht geschrieben.«

Ich wusste nicht, wie ich reagieren sollte, und versuchte es mit:

»Du schreibst?«

Und versuchte, die Verwunderung aus meiner Stimme herauszuhalten. Sie schüttelte den Kopf und sagte:

»Gott, nein, nur dieses eine.«

Sie griff nach ihrer Handtasche, holte ein rosa Blatt Papier heraus und überreichte es mir feierlich. Ich entfaltete es steinernen Herzens und sagte mir Mantra-mäßig:

»Nein, dies wird mich in keiner Weise anrühren.«

Las:

Die Liebe, die wehtut.
Von
Laura Nealon, Galway, Irland.

Nach diesem Anfang war ich bereits total im Arsch, und das Gedicht als solches hatte noch gar nicht angefangen. Fokus und los.

Meine Liebe habe ich verloren
Die Liebe aus dem Westen
Ich sehne mich nach der Nacht
Der Nacht, die kommen wird

Auf meinem Kissen werde ich liegen
Neben meiner Liebe
Ich sehne mich nach der Berührung
Danach, die Liebe zu beobachten

An deiner Seite
Liebe ich zu atmen
Liebe ich zu töten
An der Seite meiner Liebe
Wünsche ich zu liegen.

Ich weiß nicht viel, aber ich wusste, dass ich bald was Starkes zu trinken brauchte, ein ganzes Schiff voll.

»Es ist klasse.«

»Mehr will ich gar nicht schreiben. Es war nur, damit ...«

»Vielen Dank.«

Nach einer Weile fragte sie:

»War deine Frau sehr schlau?«

»Sie hat mich verlassen, das ist doch schlau genug, oder?«

Das ließ sie so verklingen, sagte dann:

»Cathy hat gesagt, sie ist aufs College gegangen.«

Cathy war eine alte Klatschbase. Ich sagte:

»Ja.«

»Was hat sie da gemacht?«

Erst das Gedicht, und jetzt war ich auch noch gefährlich nah dran, unverblümt zu werden. Ich sagte:

»Den Doktor in Metaphysik.«

Sie biss sich auf die Unterlippe und sagte:

»Ich weiß nicht, was das bedeutet.«

Ich gab nach, sagte:

»Schatz, wo man war, wo man wahrscheinlich ist, so Zeugs, wofür man sich keinen trockenen Qualster kaufen kann.«

Das ließ sie sich durch den Kopf gehen, dann:

»Was das bedeutet, weiß ich auch nicht, aber es macht mich etwas froher.«

Schlaf schlich sich an. Ich sagte:

»Ruh dich ein bisschen aus, Schatz.«

»Okay, aber in meinem Job verdiene ich einen Batzen Geld. Ich geb dir was ab.«

Heiland!

Früh am nächsten Morgen war sie fort. Ich hatte einen sogenannten Emotionskater. Würde mich mit der Alkvariante begnügen, aber immer. Da wusste man wenigstens, wie man damit umging. Ein Umschlag war unter der Tür durchgeschoben worden. Öffnete ihn vorsichtig: ein Sümmchen, ein unbescheidenes Sümmchen. Und ein Zettelchen:

Knapp bei Kasse? Das muss nicht sein.

Sweeper

Seine Handschrift war erlesen. Fast, als hätte er einen Federkiel benutzt; Scheiße, hatte er vielleicht sogar.

In einer der ersten Lektionen, die man als Polizist lernt, geht es um harte Männer. Sie steht nicht im Lehrbuch. Man lernt sie auf der Straße. Jede Stadt hat ihre Quote. Sie sind im wahrsten Sinne des Wortes hart. Unbarmherzig, unnachgiebig, gnadenlos. Im Gegensatz zur Kneipenversion machen sie keine Reklame für ihr Stehvermögen. Ist nicht nötig. Sieht man an den Augen. Die, denen ich begegnet bin, hatten sämtlich einen gemeinsamen Wesenszug: eine granitene Fairness. Dazu mussten sie sich nicht zwingen, das war so. Bill Cassell. Ist das nicht ein Wahnsinnsname? Niemand, und ich betone: niemand machte je einen Klugscheißerwitz über das gleichnamige Nachschlagewerk. Er war Mischling, Mutter aus Galway, Vater Ausgeburt der Hölle. Bill hatte einen beängstigenden Ruf. Die Polizisten blieben auf Distanz. Ich war mit ihm in die Schule gegangen. Jahrelang hatte er zahlreiche Trachten Prügel eingesteckt, bis er wuchs, und dann teilte er aus. Jedem Lehrer, der ihn je verdroschen hatte, wurde eine Vergeltung zuteil. Später, eher später als früher. Er war ein Mann von unendlicher Geduld.

Am Hafen gibt es eine Kneipe namens Sweeney's, klein, dunkel und gefährlich. Wer zufällig reingeht, wird wieder rausgetragen. Touristen finden sie nicht. Ich plante einen Besuch. Ging zu Dunnes und gab Geld aus. Aber richtig. Ich hatte so lange in Wohltätigkeitsverkaufsstellen eingekauft, dass ich von echten Preisen entsetzt war. Aber ich sagte mir: Scheiß drauf; ich hatte die Kohle. Schoss durch den Laden wie ein Mini-Haughey. Man brauchte nur die Eier, die Einstellung und den zweifelhaften Geschmack. Vier Sweatshirts, drei Paar Jeans, Kakihose mit eingebauter Bügelfalte, Turnschuhe, weiße T-Shirts, Sportsakko. Die Verkäuferin fragte:

»Haben Sie eine Klubkarte?«

»Raten Sie mal frisch drauflos.«

»Wir müssen das fragen.«

Ich hatte keine Ahnung, warum ich ihr Kummer machte. Wenn man bei Dunnes arbeitet, hat man schon Kummer genug. Ich steckte ihr etwas Lösegeld zu, las ihr Namensschild, sagte:

»Sie machen einen prima Job, Fiona.«

»Woran merken *Sie* das denn?«

»*Touché*. Sie werden es noch weit bringen.«

Schaffte das Zeug nach Hause. Überlegte: Ein Treffen mit einem Schurken, zog man sich da fein an ... oder unfein? Kompromiss. Neues Marine-Sweatshirt, ausgeblichene Jeans und ruiniertes Leder. Wenn das keine unklare Aussage war, hatte ich meine Zeit bei der Polizei wirklich verschwendet. Überführte den Down-Syndrom-Anstecker aufs Lederne. Ich sah aus wie dieser Wichser aus der Werbung, der den 50plus Versicherungen andreht. Hörte rasch bei Johnny Duhan rein und war ausgehfertig. Ging die Shop Street entlang. Ich sah meine Mutter, die bei Taffes die Auslagen betrachtete. Im Schaufenster war nichts, kein einziger Artikel. Ich ging weiter. Bei Griffin's Bäckerei traf ich den Buchmacher, den ich einst geschröpft hatte. Das Aroma frischen Brots war wie Hoffnung. Ich sagte:

»Wie läuft's?«

Er zeigte auf seinen Laib und sagte:

»Für trocken Brot ist gesorgt.«

»Und zwar reichlich.«

»Sie wollen in nächster Zeit nicht bei mir vorbeischauen?«

»Hatte ich nicht geplant, nein.«

»Endlich mal eine gute Nachricht.«

Ein Flüchtling bat mich um meine Jacke. Ich sagte:

»Da hängen Erinnerungen dran.«

»Ist mir egal, geben Sie her.«

Heiland.

Der Hafen hat sich total verändert. Als Kind war er für mich eine magische, bedrohliche Zone. Zu gleichen Teilen Gefahr und Versuchung. Hafenarbeiter waren Männer von echtem Format. Mit allen konnte man sich anlegen, mit ihnen nicht. Ich hatte das Glück, die allerbesten noch gekannt zu haben. Luxus-Apartments, neue Hotels, Sprachschulen und das Freizeitgewerbe hatten das Areal übernommen. Das mag Fortschritt gewesen sein, eine Verbesserung war es nicht. Eine Oase des alten Galway war Sweeney's. Ich glaube, die Erschließungsheinis waren zu eingeschüchtert, sich den Besitzern zu nähern. Ich stieß die Tür auf, atmete den Mix aus Fisch und Nikotin ein. Gespräche verstummten, bis jeder einen Blick auf mich geworfen hatte. Dann ein hörbarer Seufzer der Erleichterung, und es wurde weitergeredet. Bill hatte einen Tisch in Tresennähe. Er war allein.

Für einen Mann seines einschüchternden Rufs war er zierlich gebaut. Jetzt wirkte er noch zierlicher. Die Haut auf seinem Gesicht schien zum Zerreißen gespannt. Als hätte ihn jemand grundiert und dann den Deckanstrich vergessen. Die Augen, immer noch Granit, lagen tief in seinem Schädel. Ein altmodisches Glas mit frisch gepresstem Orangensaft stand vor ihm. An der Oberfläche schwammen Kerne. Er sagte:

»Jack.«

»Bill.«

»Setz dich.«

Setzte mich.

Aus der Nähe und persönlich sah er aus, als hätte er Aids. Er sagte, ohne sich zu bewegen, zum Barmann:

»*Pint* für Jack.«

Ich fragte:

»Kann ich rauchen?«

Er lächelte trocken, sagte:

»'türlich.«

Der Aschenbecher warb für Capstan Mild. Ich schüttelte eine Rote heraus, zündete sie mit dem Zippo an. Bill streckte eine skelettierte Hand aus, fragte:

»Darf ich mal sehen?«

Ich gab es ihm. Er wog es in der Hand, sagte:

»Bisschen schwer.«

»Ja.«

»Willst du's verkaufen?«

»Es ist eine Leihgabe.«

»Ist nicht alles eine?«

Die *pint* kam. Wahrscheinlich eine der besser gezapften. Ich sagte:

»*Sláinte*.«

Eine grässliche Sekunde lang hätte ich fast gesagt:

»Gesundheit langes Leben.«

Bill ließ mich den Augenblick auskosten, dann:

»Was willst du, Jack?«

»Hilfe.«

Er starrte seinen Orangensaft an, bevor er sagte:

»Ich hörte, du hast die Tiernans schlecht behandelt.«

»Du bist hoffentlich nicht mit ihnen befreundet?«

»Wenn ich das wäre, säße ich nicht hier.«

Der Tresenmensch beugte sich vor und sagte:

»Du wirst am Telefon verlangt.«

»Jetzt nicht.«

Dann wieder zu mir:

»Du rennst mit einem Polizisten durch die Stadt.«

»Stimmt.«

»Heiland, Jack, und dann auch noch mit einem englischen.«

»Er ist halb Ire.«

»Quatsch.«

Das Wort schüttelte seinen zarten Körper. Ich fragte:

»Bist du krank?«
»Leberkrebs.«
»Oh Gott.«
»Ich glaube nicht, dass Gott was damit zu tun hatte. Vielleicht Sellafield, das liegt wenigstens in England. Welche Art Hilfe hat dir vorgeschwebt, Jack?«
»Es gibt da ein Mädchen, es heißt Laura Nealon.«
»Ich kenne die Familie.«
»Ich möchte, dass sie beschützt wird.«
»Wer ist hinter ihr her, außer du selbst?«
»Ein englischer Typ, heißt Ronald Bryson, arbeitet manchmal bei der Simonsgesellschaft.«
Bill schüttelte den Kopf.
»Was hast du ständig mit den Engländern? Erst hast du Jahre damit verbracht, nach London zu gehen, jetzt rennt London dir die Bude ein.«
»Da sprichst du was an.«
»Okay, Jack, du weißt, wie das funktioniert, sonst wärst du nicht hergekommen. Ich werde das arrangieren, worum du bittest. Aber ich brauche dich nicht dran zu erinnern, eine warme Mahlzeit gibt es nicht umsonst.«
»Das heißt, ich schulde dir was.«
»Genau.«
»Was möchtest du?«
»Wer weiß? Du kriegst einen Anruf, wirst um einen Gefallen gebeten. Nichts, worüber man verhandeln könnte.«
»Ich weiß, wie es läuft.«
»Pass auf, dass du's wirklich weißt, Jack.«
Das Interview war vorüber. Ich stand auf, fragte:
»Wie geht's deiner Mutter?«
»Sie ist tot, danke.«

Im Jahre 1987 definierte zum ersten Mal ein Polizeiausbildungs-Komitee in einem Bericht über Bewerber für den Polizeidienst eine Philosophie für den modernen Polizisten. Der Bürger erwartete von Polizeibeamten, dass sie …

> *… die Weisheit Salomonis, den Mut Davids, die Kraft Samsons, die Geduld Hiobs, die Führungsstärke Mosis, die Sanftmut des Barmherzigen Samariters, die strategische Umsicht Alexanders des Großen, den Glauben Daniels, das diplomatische Geschick Lincolns, die Toleranz des Zimmermanns von Nazareth und schließlich eine intime Kenntnis der biografischen sowie der Natur- und Gesellschaftswissenschaften besitzen.*

Wenn sie all das hatten, waren sie vielleicht gute Polizisten.

Teile davon waren durch meine Träume gewirbelt, und ich schlief bis zwölf Uhr mittags durch. Ich war zutiefst kaputt. Alle Vorfälle der vergangenen Tage hatten eine Stimme gefunden und plärrten:

»Genug.«

Ich hatte Nachrichten für Keegan, Laura und Sweeper hinterlassen. Für Keegan, um »Danke!« zu sagen. Für Laura, um »Gehen wir tanzen!« zu sagen. Für Sweeper, um »Fast geschafft!« zu sagen. Die drei Nachrichten enthielten nur zwei Lügen. Ohne Koks war ich mit einem heißen Grog und einem der von Keegan bereitgestellten Bücher ins Bett gegangen. *Schatten der Vergangenheit* von Horace McCoy, einem Klassiker des *Noir*, obwohl McCoy am bekanntesten für *Nur Pferden gibt man den Gnadenschuss* ist. Nach dem halben Grog schlief ich bereits. Immerhin war alles, was bei mir brannte, die Glühbirne.

Ich duschte lange, sprengte die Spinnweben weg. Ein scheuer Blick in den Spiegel. Zeit, den Bart zu stutzen, schaffte es ohne Tremor, auch ein Fortschritt. Frisches Sweatshirt, neue Jeans, und es konnte losgehen. Treppab zu einem Briefumschlag. Erkannte die Handschrift: Kiki. Ein bisschen Gewicht, also würde es ausführlich werden; zuerst Kaffee. Ich fühlte mich gut und nicht dumm. Zwei Streifen Toast mit brutzelnden Speckstreifen. Bzw. *rashers*, wie ich Keegan beigebracht hatte. Verputzt, zweites Käffchen, eine Rote angemacht und Kiki eingeatmet. Öffnete den Brief.

Lieber Jack,
der Begriff Metaphysik evoziert in verschiedenen Köpfen nicht immer dasselbe. Bei manchen Menschen bewirkt er ein Gefühl der Aversion, denn für sie bedeutet er vage Spekulationen, unkontrollierbare Behauptungen und ein Überschreiten der Grenzen der Vernunft, der Poesie verwandter als dem gesprochenen Wort. Andere sehen in der Metaphysik das genaue Gegenteil, nämlich ein außerordentlich obstinates Bemüh'n, klar und zwingend zu denken. Würde es Dir helfen, Jack, wenn Du den Ursprung des Begriffs kenntest? Im Werk des Aristoteles finden sich einige kurze Abhandlungen, die sich mit dem befassen, was er »erste Philosophie« nannte. Diese wurden zu einem zehn Bücher umfassenden Werk vereint, welche, so vermutet man, Andronikos von Rhodos in seiner Ausgabe der Werke des Aristoteles »Die Meta-« oder »Hinterphysik« nannte, weil sie nach den physikalischen Abhandlungen kamen.
Ist Dir das klar, Jack?
Apropos Klarheit: Ich lass mich von Dir scheiden.
Kiki

Im Radio sagt Seamus Heaney, Irland sei schick. Keegan würde ihm beipflichten, obwohl seine Beschreibung vielleicht ein wenig farbenfroher ausfallen könnte.

Ich habe einen neuen Fall!

Ich trank bei Nestor's einen Kaffee, als sich ein Mann näherte.

»Mr Taylor, könnte ich kurz mit Ihnen sprechen?«

»Klar, und sagen Sie ›Jack‹.«

Schon wieder ein englischer Akzent. Ich hoffte, dass Bill nicht Wind davon bekam. Der Mann war etwa in meinem Alter, gab sich wie ein Buchhalter, hatte einen heftig zurückweichenden Haaransatz und ein Gesicht, dem es beinah gelang, interessant auszusehen. Er trug Jeans und eine schwere Jeansjacke. Sagte:

»Ich bin Michael Tate. Vielleicht haben Sie von mir gehört?«

»Nein.«

»Oder von der GSF?«

»Bedaure.«

Er schien sich schwerst verkohlt vorzukommen, deshalb sagte ich:

»Sagen Sie mir, was das bedeutet?«

»Galway Swan Foundation, Stiftung zur Pflege und Förderung der Schwäne von Galway.«

»Ach so.«

»Rein ehrenamtlich. Wir kümmern uns um die Schwäne.«

»Toll.«

»Lesen Sie den *Galway Advertiser?*«

»Nicht aufmerksam, nein.«

»Jemand enthauptet die Schwäne.«

»Heiland.«

»Die Polizei hat keine Zeit für Ermittlungen. Wir haben gehört, Sie arbeiten ergebnisorientiert.«

»Ich weiß nicht. Ich ...«

»Sieben Schwäne in zwei Wochen. Wir werden Sie natürlich bezahlen.«

»Wo passiert das und wann?«

»In den frühen Morgenstunden, im Claddagh Basin.«

»Warum trommeln Sie Ihre Mitglieder nicht zusammen und organisieren Wachen rund um die Uhr?«

»Die Mehrzahl unserer Mitglieder steht nicht mehr im vollen Saft der Jugend, Mr Taylor. Selbst wenn wir täten, was Sie vorschlagen, würde der für diese Taten Verantwortliche ... Also, wir wären diesem Individuum nicht gewachsen ... oder, noch schlimmer, einer Bande.«

»Wann war der letzte Vorfall?«

»Vor einer Woche. Für gewöhnlich liegt immer eine Woche dazwischen.«

»Okay, ich werd's versuchen.«

Er stand auf, gab mir einen Umschlag.

»Ich hoffe, dies wird ausreichen.«

Als er weg war, öffnete ich den Umschlag. Eine einzelne Zwanzig-Pfund-Note. Am liebsten hätte ich gerufen:

»Die Drinks gehen auf mich.«

In jener Nacht kam ich nicht mehr zum Ermitteln. Ich hatte schon halbwegs geplant, mir Thermoklamotten zu kaufen und in den frühen Morgenstunden zum Claddagh zu gehen, aber es blieb bei dem Vorsatz. Laura musste unseren Abend absagen und fragte:

»Jack, können wir bitte ein andermal tanzen gehen?«

»Klar.«

In dem Buch von John Straley steht Folgendes:

In meinem Universum gibt es Trinker und Tänzer. Und die zwei sollten sich nie vermischen. Ich war immer bei den Trinkern, gehemmten Introvertierten, die gleichzeitig über die Musik schlaumeiern und über die Tänzer lästern. Sie sind von Neid zerfressen.

Der Plan war wie üblich fehlerhaft. Dies war der Plan: Ich wollte in eine stille Kneipe gehen, ein stilles Getränk zu mir nehmen und still nach Hause gehen. Jawoll. In letzter Zeit waren meine Kater beherrschbar gewesen. Nur leichter Ekel und dies Gefühl der Zerbrechlichkeit. Jetzt waren die Kater neu geklont und schlugen mit großer Wildheit zu.

Kam auf dem Küchenfußboden zu mir, ein halbes grünliches Huhn auf dem Tisch. Übergab mich gleich an Ort und Stelle, krabbelte dann durch den Vormittag. Was ich auch probierte – Tee, Toast, Wasser –, kam sofort wieder hoch. Es ging mir nicht so richtig gut. Als Maßstab, wie schlecht, wurde ich auch noch von einem Ohrwurm gequält. »Bend It« von Dave Dee, Dozy, Beaky, Mick und Tich. Ich erinnerte mich von *Top of the Pops* in den Sechzigern an sie, und Davy ließ die Peitsche knallen: das Pfeifen des ungegerbten Leders konnte ich immer noch hören.

Machte mich zu Nestor's auf und traf glücklicherweise niemanden. Konnte kein Streichholz halten, geschweige ein Gespräch führen. Jeff pumpte sich gerade auf. Ich fragte:

»Bevor du anfängst, sag mir, ob ich gestern Nacht hier war.«

Er schüttelte den Kopf, und ich sagte:

»Was bedeutet das genau?«

»Du gehst rapide den Bach runter, Jack.«

Ich hätte ihn fertigmachen können, aber ich brauchte die Arznei und sagte:

»Könnten wir die Vorlesung überspringen und eine *pint* zapfen.«

Danach sprachen wir nicht. Ich nahm mein Getränk, und er machte sich tresentechnisch zu schaffen. Einen Schluck hatte ich intus, ein Zigarettchen angesteckt, als die Tür aufging. Hereinmarschiert kam Michael Tate, der einen Müllsack trug. Er rief:

»Sie lassen sich volllaufen.«

»Mit Ihrer Riesengage musste ich einfach feiern.«

Er sah aus, als wolle er zum Angriff übergehen, sagte:

»Es stimmt, was allgemein gesagt wird, Sie sind nichts als ein Trunkenbold.«

»Endlich mal ein Wort, das man nicht so oft hört.«

Dergestalt war seine Empörung, dass er nicht ganz die Worte finden konnte, um sie angemessen zu artikulieren, weshalb er sich mit einem schlichten

»Sie sind eine Schande!«

begnügen musste.

Ich beschloss, ihn beruhigen zu wollen zu versuchen, und sagte:

»Nun kriegen Sie sich wieder ein, ich kümmer mich um die Schwäne.«

»Hätten Sie dann bitte die Freundlichkeit«, er hob die Mülltüte, »zu erläutern, wie Sie sich um diesen zu kümmern gedenken?«

Und schmiss sie auf mich drauf.

Die Tüte ging auf, und ich wurde mit Blut, noch mal Blut und Stücken vom Schwan bedeckt. Ich sprang auf, machte:

»Bwoah, Heiland.«

Ich konnte Jeff hören, und Jeff sagte:

»He!«

Tate machte auf dem Absatz kehrt und ging hinaus. Jeff sah sich die Schweinerei an und sagte:

»Oh mein Gott.«

Ich bemühte mich um Lockerheit und sagte, während mir das Entsetzen die Kehle zuschnürte:

»Ich darf mir nicht mehr so viel Arbeit mit nach Hause nehmen.«

Chirurgischer Stahl.
Tief unten innen
Ein Eisblock
Hält mich kühl
Hält mich normal
Diamanten schneiden wertvollen Tod
Harter Stahl blinkt in den
Dunklen Nischen
Splitterndes Glas
Rot und blau
Dringt in meinen Blutstrom ein
Und attackiert mein
Herz. Chirurgischer Stahl
Schneidet das alte heraus.

Dolores Duggan

Keegan traf ich später am Tage. Ich sehnte mich nach Gesellschaft ohne Rechtsprechung. Meine Klamotten hatte ich wegschmeißen müssen. Allmählich legte ich mir Garderoben zu wie ein minderer Elton John. Brachte eine Stunde unter der Dusche zu, versuchte, den Blutgeruch loszuwerden. Es hatte Zeiten gegeben, da ich wie alle Bürger von Galway regelmäßig die Schwäne fütterte. Es war Teil des Erbes und, wie alle besseren Teile meines Lebens, längst vorbei. In seinem Buch *Die Kunst des Verschwindens* sagt Jim Dodge:

»Ich weiß rein gar nichts. Das muss bedeuten, dass ich endlich normal bin, und von da aus kann man prima anfangen, wieder wahnsinnig zu werden.«

Jawoll.

Vor Kurzem wurden neben dem Hidden Valley Lidl und Argos und natürlich die obligatorischen Luxus-Apartments eröffnet. Ich traf meinen Nachbarn, der einen Einkaufswagen schob, vollgestopft mit schönen Dingen aus beiden Firmen. Ich sagte:

»Damit kommen Sie durch den Winter.«

»Wenn ich sechs Monate lang nichts esse.«

Er starrte zu den neuen Gebäuden hinüber und sagte:

»Mir ist endlich der Unterschied zwischen Wohnungen und Apartments klar geworden.«

Das wollte ich hören, sagte:

»Ja?«

»Wenn man vom Amt was zugeteilt kriegt, ist das eine Wohnung, aber wenn man es kauft, ist es ein Apartment.«

»Leuchtet mir ein.«

»Wollen Sie einen Witz hören?«

»Ämm …«

»Kommt ein Mann in eine Bibliothek und bestellt einen Hamburger mit Pommes. Sagt die Bibliothekarin: ›Das ist hier eine Bibliothek.‹«

Ich kannte die Pointe. Aber in Irland gilt das eherne Gesetz, dass man nie – und zwar im Sinne von nie – eine Geschichte unterbricht. Er lachte bereits, in voller Bereitschaft, die Pointe abzufeuern. Ich sagte:

»Und?«

»Flüstert der Mann: ›Bitte einen Hamburger mit Pommes.‹«

Die Chancen standen gut, dass er ihn noch sechsmal erzählen würde, jedes Mal aufs Neue bezaubert. Einer der Gründe, weshalb ich heimgekehrt bin. Die Engländer erzählen Witze mit einer Mischung aus Grausamkeit und Bitte um Entschuldigung. Sie freuen sich nicht am Gelächter, sondern am Lächerlichmachen. Kiki hatte mich einst zu irischen Witzen befragt. Die englische Vorliebe für Witze bei gleichzeitigem Totalausfall, was englische Witze betrifft. Ich sagte:

»Sie lachen über das, wovor sie Angst haben. Wir dagegen haben keine Angst vor ihnen.«

Sie war erstaunt, fragte:

»Die Engländer haben Angst vor den Iren?«

»Aus gutem Grund.«

Ich hatte mich mit Keegan bei Garavan's verabredet, mal an die Basis, nicht in die Ballistik. Er trug eine grüne Wachsjacke, einen Pullover von den Aran-Inseln und eine Tweed-Mütze. Er fragte:

»Was meinst du?«

»Synge.«

»Was soll ich singen?«

»Synge, du Salzheini, *Der Held der westlichen Welt*.«

»Ich war auf den Aran-Inseln.«

»Darauf wäre ich nun nie gekommen.«

»Holla, Barmann, zwei *pints* vom Schwarzen.«

Dies gebrüllt, dann sagte er:

»Die kennen mich hier schon.«

»Ich bezweifle es nicht.«

Er riss sich die Mütze vom Kopf und sagte:

»Lies mal.«

»Die Mütze?«

»Da steht eine Botschaft drin.«

Die Botschaft lautete: »Gute Gesundheit allen, die diese Mütze tragen.«

Die *pints* kamen, und wir nahmen sie in Arbeit. Dann sagte er:

»Ich habe ein neues Wort gelernt.«

»Und wirst es mit mir teilen?«

»Durchhin.«

»Nützliches kleines Wort.«

»Und du, Jack, du siehst aus, als wärest du ganz schön durchhin.«

»Danke.«

Ich berichtete ihm von den Schwänen. Er fragte:

»Wie hoch war dein Honorar?«

»Zwanzig Pfund.«

»Was! Er hat dich pro Schwan bezahlt?«

»Ich hab's versiebt, Keegan.«

»Dann ... bring's in Ordnung.«

»Ich werd's versuchen.«

Er schwieg. Ein schweigender Keegan ist ein beunruhigendes Tier. Ich sagte:

»Schweig mich nicht voll.«

»Ich habe eine Lösung für die Zigeunerkiste.«

»Landfahrer, nicht Zigeuner.«

»Schnurz. Mach was mit ihm.«

»Falle stellen?«

»So was. Besorg dir was Persönliches von den Opfern, versteck's in seiner Wohnung, weg ist er.«

Ich schüttelte den Kopf. Er sagte:

»Komm, Jack, er ist Müll, eindeutig ein Bösi. Schaff den Abschaum von der Straße.«

»Nein, kann ich nicht.«

»Meinst du, du warst wirklich mal Bulle? Okay, dann mach ich's für dich. Dein Kumpel, der Sweeper, der macht bestimmt mit.«

»Macht er nicht.«

»Was?«

»Dazu ist er zu integer.«

Keegan war angewidert und sagte:

»Hier ist noch ein Wort, das ich gelernt habe: Schwachsinn.«

Mit dem dritten Getränk intus sagte er mir:

»Ich muss los.«

»Piste?«

»Nein, ich meine, ich muss zurück nach London.«

»Wann?«

»Morgen früh.«

»Ach so.«

»Mein Job steht auf dem Spiel. Ich bin bereits eine Woche überfällig.«

»Fahr nicht weg.«

»Der Job ist alles, was ich habe. Ohne ihn bin ich nichts.«

Ich wusste, was er meinte. Nach so vielen Jahren klammerte ich mich immer noch an meine Polizisten-*Persona*. Der einzige funktionierende Abgleich mit der Wirklichkeit, einer der Gründe, weshalb ich den Mantel von der Materialausgabe behielt. Wie in dem Song: »I, I who have nothing.«

Er griff in seine Jacke und sagte:

»Du wirst was für die Nummer mit den Schwänen brauchen.«

Drückte mir einen Gegenstand in die Hand. Ich wollte nachsehen, und er sagte:

»Nicht hier; steck's in die Tasche.«

Ich steckte es in die Tasche, fragte:

»Was zum Teufel ist das?«

»Eine *stun gun*, für Elektroschocks.«

»Fühlt sich an wie das Dings für Rinder.«

»Dasselbe System, nur mit unwesentlich mehr Spannung dahinter.«

»Sind die nicht illegal?«

»Klar sind sie illegal, und das gehört sich auch so.«

Ich konnte mir nicht vorstellen, dass er das Ding in Galway gekauft hatte, und sagte:

»Das hast du doch nicht durch den Dubliner Flughafen geschmuggelt?«

»Kannst du schweigen? Ich hab's gegen Koks eingetauscht.«

»Und woher hast du gewusst, dass der Betreffende welches brauchte?«

»Ich bin immer noch Bulle. Du hast doch auch einen ziemlichen Verbrauch; ist doch alles logisch.«

»Du hast das nie erwähnt.«

»Geht nur dich was an, so idiotisch es auch ist. Eins kannst du mir getrost glauben, Jack: dieser Scheiß wird dich zur Strecke bringen.«

»Danke für den Tipp. Wie funktioniert das *stun*-Dings?«

»Ran und drück.«

»Ist es wirksam?«

Er stieß ein dämonisches Gelächter aus; bei dem Geräusch drehten sich die Leute nach ihm um. Er sagte:

»Ooooooh ja.«

Dann kam mir ein Gedanke. Ich fragte:

»Augenblick mal, du hattest doch nicht ge*plant*, mir das Ding zu schenken, oder?«

»Nein.«

»Ja, Heiland, ich meine, du schleppst so was doch nicht

mit dir rum, als wäre es das Selbstverständlichste von der Welt?«

»Worauf willst du hinaus, Jack?«

»Wir sind hier in Galway. Womit hast du denn gerechnet?«

»Mit deiner Stadt, Burschi, wo sie Schwäne enthaupten, Zigeuner umbringen. Womit hätte ich deiner Ansicht nach rechnen sollen?«

Ich hatte keine Antwort und fragte deshalb:

»Was schleppst du sonst noch mit dir herum?«

»Och, ich glaube nicht, dass du das wissen willst, nicht wirklich.«

Er hatte recht.

Ich bot an, ihn zum Flughafen zu bringen, aber davon wollte er nichts hören, sagte:

»Nein, Abschiede gibt's bei mir nicht.«

Am Ende des Abends standen wir vor Jury's. Ich wollte ihn nicht weglassen. Er sagte:

»Du siehst aus, Jack, als wolltest du mich gleich umarmen oder so was.«

»Ich?«

»Du bist Ire, da ist alles denkbar.«

Ich wollte sagen: »Du wirst mir fehlen«, oder sonst was mit einem bisschen Gewicht. Ich beließ es bei: »Pass auf dich auf.« Er schien ebenfalls hart am Rande einer Gefühlsregung, aber dann puffte er mich und sagte:

»Bleib vernetzt, Jack.«

Und weg war er. Ich hatte ein tiefes Verlustempfinden, bog in die Quay Street ein und erging mich. Vier Uhr, und die Straße war schier wie Hölle. Eine afrikanische Combo drosch nach Strich und Faden auf Bongos ein, dann spielte ein Eso-Heini Luftgitarre. Er sah, dass ich ihn ansah. Ich sagte:

»Guter Riff.«

»Hab ich für Oasis entwickelt, Mann; denen fällt ja nichts mehr ein.«

Ich war bis zu Kenny's vorgedrungen, als sich zwei Polizisten näherten. Ich nickte, und einer sagte:

»Leeren Sie Ihre Taschen aus.«

»Was?«

»Sie stellen eine Störung der öffentlichen Ordnung dar.«

»Das kann nicht Ihr Ernst sein. Sehen Sie mal, da hinten machen die Vereinten Nationen der Musik Rabatz, und mich belämmern Sie.«

Der zweite machte einen Quickstepp, und sie hatten mich im Polizeigriff. Ich dachte an das Schockdings in meiner Tasche und fand:

»Ich bin im Arsch.«

Der erste beugte sich vertraulich nah an mich ran und sagte:

»Kriminaldirektor Clancy sagt, Sie sollen aufpassen, wo Sie hintreten, Jack.«

Dann haute er mir auf die Nieren, mit einem Schlag, den ich zu meiner Zeit auch oft angewandt hatte. Der Schlag ist eine echte Sauerei. Man fällt hin wie ein Stein; vor Schmerz kann man nicht atmen. Als sie davonschlenderten, wollte ich rufen:

»Mehr habt ihr nicht drauf?«

Aber die Worte wollten sich nicht formen.

Am nächsten Morgen inspizierte ich den blauen Fleck im Spiegel. Als hätte mich ein Pferd getreten. Die letzte Nase Koks lag über eine Woche zurück, und meine Nerven lagen blank. Wenn man noch den Kater auf die Liste setzte, stand das Leichenschauhaus bereits bequem in Rufweite. Hörte, wie ein Paket durch den Briefschlitz fiel. Einer dieser gefütterten Umschläge. Mein Name war getippt, das sagte mir also nichts. Der Poststempel war Belfast. Ging zum Tisch und öffnete vorsichtig die Sendung. Hob sie am anderen Ende hoch und schüttelte sie.

Eine Hand fiel auf den Tisch. Ich taumelte rückwärts gegen das Spülbecken, Galle im Magen. Versuchte, mich zu fokussieren, während mein Herz gegen den Brustkorb ramenterte. Sah noch mal hin, ging dann näher ran. Die Hand war aus Plastik. Auf einem Zettel in der Handfläche stand:

Kleine Handreichung gefällig, Jack?

Sweeper erschien zur Mittagessenszeit, sagte:

»Was ist mit Ihnen passiert?«

»Polizei.«

»Jetzt wissen Sie, wie es ist.«

Er hatte Klappstullen und eine Thermoskanne Tee mitgebracht. Ich sagte:

»Hier gibt es auch Tee.«

Er breitete die Klappstullen aus und sagte:

»Rhabarber.«

»Auf Brot? Das ist doch ein Witz, oder?«

»Probieren Sie, Sie werden überrascht sein.«

»Ich wäre sogar verdutzt. Danke nein.«

Er aß zwei von der Sorte, schlang sie hinunter. Ich sagte:

»Bryson ist weg.«

»Sagen Sie mir, wie er aussieht.«

Ich ratterte eine Personenbeschreibung herunter. Er sagte:

»Wir werden ihn finden.«

»Wie?«

»Die Clans sind überall verstreut.«

»Er könnte in England sein.«

»Da gibt es mehr von uns als hier.«

»Und wenn er die Morde nicht begangen hat?«

»Warum ist er dann weggerannt?«

»Guter Einwand.«

Sweeper stand auf und fragte:

»Wie geht es Ihrem englischen Freund?«

»Er ist weg.«

»Sie pflegen einen merkwürdigen Umgang, Jack Taylor.«

Wenn das ein Tadel gewesen sein sollte, kapierte ich ihn nicht. Als er weg war, versuchte ich zu lesen:

»Der Wind hatte die Sommerfliegen fortgeblasen. Gott hatte die Seinen vergessen.«

Das war aus *Der Mann mit dem goldenen Arm* von Nelson Algren.

Das Telefon klingelte.

»Ja.«

»Jack, hier ist Cathy.«

»Hallo, Cathy.«

»Jeff ist weg.«

»Weg? Wo?«

»Er säuft.«

»Oh.«

»Wusstest du, dass er seit zwanzig Jahren nicht getrunken hat?«

»Nein.«

»Wirst du ihn finden?«

»Ja.«

»Versprich es, Jack.«

»Ich verspreche es.«

In dem Essay »Die einfache Kunst des Mordens« schrieb Raymond Chandler:

Der moderne Detektiv ist ein relativ armer Mann; sonst wäre er kein Detektiv. Er ist ein Normalbürger; sonst könnte er sich nicht unter Normalbürgern bewegen. Er wird von niemandem unehrlich verdientes Geld annehmen, und er wird sich von niemandem Unverschämtheiten bieten lassen, ohne sich angemessen und lei-

denschaftslos zu rächen. Er ist ein einsamer Mann, und sein Stolz besteht darin, dass man ihn als stolzen Mann behandeln oder es schwer bereuen wird, je seine Bekanntschaft gemacht zu haben. Gäbe es genug Menschen wie ihn, wäre die Welt ein sehr sicherer Aufenthaltsort, ohne so langweilig zu werden, dass man sich dort nicht mehr aufhalten möchte.

Diese Worte klangen mir in den Ohren, als ich mich aufmachte, Jeff zu finden. Ich ging zu Nestor's. Ein Typ hinterm Tresen, den ich noch nie gesehen hatte. Ich fragte nach Cathy, und er sagte:

»Sie sind Taylor?«

»Ja.«

»Gehen Sie nach oben, sie erwartet Sie.«

Sie sah schrecklich aus, das Gesicht vom Weinen völlig kaputt. Ich umarmte sie, sagte:

»Es wird alles wieder gut, ich finde ihn.«

»Wenn ihm irgendwas zustößt, Jack ...«

»Ihm wird nichts zustoßen. Wo könnte er hin sein?«

»Ich weiß es nicht, ich habe ihn nie als Säufer gekannt. Immerhin ist er nicht mit dem Moped unterwegs.«

Das Moped war eine Harley. Jeff hatte mir von seinen beiden Leidenschaften erzählt, Lyrik und Motorräder. Er hatte mir das Moped gezeigt und gesagt:

»Das ist eine Soft Tail Custom.«

Ich hatte weise genickt, als hätte mir das was gesagt. Ich setzte Cathy hin, fragte:

»Was hat ihn denn so aufgebracht?«

»Die Leute waren so mitfühlend wegen unseres geschädigten Babys.«

»Heiland.«

»Ich habe ihn enttäuscht, Jack, stimmt doch, oder?«

Ich konnte das nicht, musste es aber versuchen und sagte:

»Er liebt dieses kleine Mädchen und dich.«

»Warum hat er dann getrunken?«

Ich wusste es nicht und sagte:

»Ich weiß es nicht.«

Was ich gern getan hätte, wäre sechs Monate schlafen und von lauter guten Nachrichten geweckt werden. Fragte:

»Wer ist der Typ hinterm Tresen?«

»Von einer Agentur.«

»Wenn ihr einen Engpass habt, könnte ich eine Schicht übernehmen.«

Sie sah mich *so* an, und ich sagte:

»Ja, stimmt, ich zieh dann mal los.«

»Sag ihm, dass ich ihn liebe.«

»Das weiß er schon.«

»Wirklich?«

Der Regen hämmerte regelrecht. Als wäre es was Persönliches. Ich zog meinen Allwettermantel enger zu und dachte:

»Suffkopp soll Suffkopp finden.«

Klang logisch.

Zuerst mit dem Schleppnetz durch die wahrscheinlicheren Verdächtigen. Beschloss, in jeder zweiten Kneipe was zu trinken. Wenn ich ihn nach zehn Kneipen nicht gefunden hatte, war es mir sowieso wurscht. Das war der Plan, hörte sich übel an, aber das war er. In Wirklichkeit war ich in fünf Kneipen, ohne etwas zu trinken, weil man sie niemandem zumuten konnte. Sie waren hell, laut, teuer und feindselig. Ich drängelte mich durch die Zusammenballungen wohlhabender keltischer Tiger. Geld hatte eine ganz neue Einstellung bewirkt, ein rüpelhaftes Söldnertum. Mir dämmerte, dass Jeff keine einzige heiße Minute an solchen Orten verbringen würde. Er war Musiker gewesen, also suchte ich als Nächstes eine Reihe von Musiktreffpunkten auf. Die mit *»Craic agus Ceol«* für sich warben. Wörtlich übersetzt heißt das »*Spaß und Musik*«, sinngemäß übersetzt heißt es: »Sobald du dich hinsetzt, kostet es Eintritt«. Damit das klappte, koberten draußen die Türsteher.

»Ich bleib nicht lange.«

Der größte Türsteher grinst seinen Kumpel an und sagt zu mir:

»Das hast du richtig erkannt.«

Kein Jeff.

Ich sagte mir:

»Denk nach! Du warst Polizist, du bist angeblich Ermittler, wohin würde er gehen? Von welcher Kneipe hätte er schon oft gehört? Bingo! Ja.«

Grogan's, mein altes Wasserloch. Als Sean es noch hatte, wohnte ich praktisch dort. Dann wurde er umgebracht, und sein Arschloch von einem Sohn übernahm es. Ich war nicht mehr willkommen. Ich kam zur Tür herein, und es war nicht, als käme ich nach Hause. Die Pinte war renoviert. Was ein Ort voller Atmosphäre gewesen war, war jetzt nur noch ein weiteres Scheibchen Plastikmüll. Und, noch schlimmer, beschallt. Dieses Band, entweder mit Karen Carpenter oder den Bay City Rollers oder Ronan Keating, der sie beide covert. Jeff war in einer Ecke. Kurzer und *pint* auf dem Tisch. Ich ging hin und sagte:

»He.«

»Wieso kommst du jetzt erst?«

»Ich bin falsch abgebogen.«

Kleines Lächeln, und:

»Sind wir das nicht alle.«

Seans Sohn war nicht da, also bestellte ich eine *pint*. Jeff sagte, er nimmt einen doppelten Paddy. Ich enthielt mich eines Kommentars. Als ich mich setzte, fragte er:

»Hast du was zu rauchen?«

Natürlich wollte ich sagen: »Du rauchst ja wieder«, aber wie redundant war *das* denn? Gab ihm Feuer. Er sagte:

»Bwoah, schmeckt ja echt scheiße.«

»Warum machen wir so was? Doch bestimmt nicht, weil es schmeckt, oder?«

Er versenkte seinen Doppelten, brauchte einen Moment, dann:

»Willst du mir die Leviten lesen?«

»Ich? Dir? Ich glaube nicht.«

»Gut. Hast du schon mal was von Phil Ochs gehört?«

»Ämm ... Nein.«

»Ein Folksänger in den frühen Sechzigern, wurde im Greenwich Village verehrt, größer als Dylan. Dann kam es ihm abhanden, und er ließ sich in den Alkoholismus absacken. Schlief zum Schluss im Kesselraum vom Chelsea Hotel, wo ein paar Etagen höher Leonard Cohen Janis Joplin anbaggerte. Ganz zum Schluss hat er sich bei seiner Schwester im Badezimmer erhängt.«

Ich hatte keine Ahnung, worauf er damit hinauswollte, und fragte:

»Und dies soll mir was genau sagen?«

»Er hat drei tolle Songs geschrieben, ›An Evening with Salvador Allende‹, ›Crucifixion‹ und ›Change‹. Mann, da war alles drin: Humor, Politik, leidenschaftliches Mitgefühl. Weißt du, wie viele tolle Songs ich geschrieben habe?«

»Nein.«

»Keinen.«

Das ließen wir über unseren Köpfen kreisen, dann sagte er:

»Gestern hat mir eine Frau gesagt und dabei in Richtung Baby genickt: ›Sie lieben Musik‹, als wäre es ein gottverdammtes Scheiß-Haustier.«

Jeff fluchte nie, und mit *nie* meine ich *nie*. Er sprach weiter:

»Eine andere sagt: ›Sie bringen großen Segen über ein Haus‹, und mein absoluter Lieblingsspruch ist: ›Sie sind die reine Liebe.‹ Heiland, ich kriege ›mongoloid‹ nicht aus dem Kopf. Liegt das an mir, oder ist es ein hässliches Wort? Was passiert, wenn sie in die Schule kommt? Wird sie herumgeschubst, als zurückgeblieben gehänselt?«

Er hielt inne, und ich sagte:

»Wenn das passiert, fackeln wir die Schule ab.«

»Es heißt, sie könne nie heiraten.«

»Jeff, Alter, sie ist jetzt wie alt ist sie jetzt? Drei Wochen, und du machst dir Sorgen wegen ihrer Ehe. So was Besonderes ist die Ehe gar nicht, das kannst du mir glauben.«

»Ich komm damit nicht zurecht, Jack.«

»Okay.«

Er starrte mich an, WUT in Großbuchstaben aufs Gesicht geschrieben, und sagte:

»Ich meine das im Ernst, Jack. Ich kann kein behindertes Kind großziehen.«

»Dann lass es.«

»Was?«

»Zieh sie so gut groß, wie du kannst, als Serena May.«

»Meinst du?«

»Klar. Verlauf dich nicht in der Welt der geistigen Behinderung. Die Richtung brauchst du gar nicht erst einzuschlagen. Glaubst du, Cathy und das Baby werden überleben, wenn du weg bist?«

Das führte er sich zu Gemüte und fragte:

»Was hast du mit mir vor?«

»Ich kauf dir noch ein Getränk und bring dich dann nach Hause.«

»Und wenn ich Widerstand leiste?«

»Ich habe ein Elektroschock-Gerät.«

»Das stimmt wahrscheinlich sogar.«

Jetzt war das Schlimme, dass ich gern weitergetrunken hätte. Die Dämonen grölten in meiner Seele, und ich dachte, Jeff wäre genau der richtige Saufkumpan. Aber ich machte dicht und sagte:

»Bist du so weit?«

»Jack, das Saufen, wie hältst du das durch? Ich bin jetzt schon stramm wie Sau.«

»Die Wahrheit lautet: Ich weiß es nicht.«

Auf der Shop Street wankte er ein bisschen, war aber sonst nicht allzu ramponiert. Er sagte:

»Weißt du, dass sie nicht Nonne werden kann?«

»Serena May?«

»Ja, Leute mit Down-Syndrom nehmen sie nicht.«

»Mensch, das ist ja eine Tragödie –, wo du dich doch bestimmt schon so darauf gefreut hattest, dass sie Nonne wird.«

»Stimmt aber nachdenklich.«

»Stimmt einen nachdenklich, Jeff, und dann denkt man, wo Kathole draufsteht, ist Kathole drin.«

DIE ROLLE DER POLIZEI

Zurzeit widmen sich 11 300 Polizisten:

1.) der Verbrechensverhinderung,
2.) dem Schutz von Leben und Besitz,
3.) der Bewahrung des Friedens,
4.) der Aufrechterhaltung der öffentlichen Sicherheit.

Endlich ging ich mit Laura tanzen. Wie Jack Nicholson sagte:

»Lieber hätte ich mir Nadeln in die Augen gesteckt.«

Bevor ich nach London ging, hatte ich in Bailey's Hotel gewohnt. Man muss zum alten Galway gehören, um es zu kennen. Na ja, zum alten Eisen reicht schon. Eyre Square abbiegen, in Richtung Tourist Information, eine kleine Straße links, und man ist da. Die Besitzerin war in den Achtzigern, ein streitbarer alter Teufel. Ein Zimmermädchen, Janet, war noch älter. Sie hatte mir mal einen Rosenkranz geschenkt. Kurz darauf hatte ich meinen besten Freund umgebracht. Ich sage gar nicht, dass eins mit dem anderen zu tun hatte.

Janet war's, die mich auf die Samstagabendtanzveranstaltungen hingewiesen hatte. Klang sicherer als ein Klub, und die Band spielte live. Wenn man den Umstand, dass die Bandmitglieder Blazer tragen und über fünfzig sind, als »live« werten kann. Ich ging leger: schwarze Jeans, weißes Hemd, tiefe Besorgnis. Verabredete mich mit Laura im Great Southern. Sie fragte:

»Warum da?«

»Wegen des Vorgeschmacks.«

Sie hatte wie üblich keine Ahnung, wovon ich sprach, war aber einverstanden. Als ich durch die Drehtür geschubst wurde, sagte der Portier:

»Jack Taylor, ja, da soll doch!«

»Wie geht's?«

Ich wusste nicht mehr, wie er hieß, und legte alles in die Begrüßung. Schien zu funktionieren, denn er sagte:

»Großartig. Ich habe gehört, Sie sind nach London gegangen.«

»Bin wieder da.«

»Das ist großartig, Jack.«

Setzte mich auf einen Sessel im Empfang, einfach in diesen Mistkerlen versinken, sich wichtig vorkommen.

Laura erschien, kurzer schwarzer Mantel, Beine, für die man sterben wollte. Ich registrierte, wie der Portier ihr einen Blick ungeteilter Anerkennung zuteilwerden ließ. Ich stand auf, sie küsste mich und sagte:

»Ich hab dich ja seit einer Ewigkeit nicht gesehen.«

Half ihr aus dem Mantel. Sie trug einen schwarzen Pulli über dem schwarzen Rock. Ich sagte:

»Heiland, du siehst phä-no-me-nal aus.«

»Für dich, Jack.«

Der Portier kam herüber, fragte:

»Ihre Tochter, Jack?«

»Ja, Sommerferien.«

Laura bestellte Sherry und ich einen Jameson; den Abend in die Gänge kriegen. Der Portier, bestrebt, sich neu zu sortieren, fragte:

»Wäre es Ihnen an der Bar lieber?«

»Nö.«

Ich berichtete Laura von Bailey's. Sie sagte:

»Ja, der Samstagabendtanz. Mein Dad ist da immer hingegangen.«

Hoppla.

Wir nahmen beide noch ein Getränk und standen auf, um zu gehen. Der Portier nahm mich beiseite und sagte:

»Jack, das vorhin habe ich nicht so gemeint.«

»Schon gut.«

»Ich wollte mich auf gar keinen Fall mit der Polizei anlegen.«

Ich berichtigte ihn nicht. Der Vorfall bewies – wenn schon sonst nicht viel –, dass Portiers nicht, wie man allgemein annimmt, alles wissen.

Mrs Bailey machte mir eine große Willkommensszene und fragte:

»Und wer ist das?«

»Laura Nealon.«

»Ah, ich kenne Ihre ganze Familie.«

Laura ging für Damen, und Mrs Bailey sagte:

»Ich hörte, Sie haben geheiratet.«

»Aber nicht Laura.«

»Dachte ich mir. Sie mag Sie viel zu sehr, um Ihre Frau zu sein.«

Das ist irische Schmeichelei in ihrer feinsten Ausprägung. Da ist was drin, was man mögen muss, aber gleichzeitig hat man den Verdacht, dass man zur Schnecke gemacht wird. Zumindest bleibt man hellwach. Jetzt sagte sie:

»Ich hätte Sie gar nicht als Tänzer eingeschätzt.«

»Ich bin auch keiner.«

Die Band enttäuschte nicht. Sie trug die blauen Pflichtblazer und die weißen Pflichthosen. Keiner der Jungs würde je wieder fünfzig werden. Nicht, dass sie sich den wunderbaren Abend leicht gemacht hätten. Nein, ob es Toupets waren oder »Grecian 2000«-Pomade, sie trugen sämtlich eine Uniform aus dunklem, unbeweglichem Haar. Und Zähne? Mann, beim Anblick ihrer Backenzähne konnte man schwach werden. Wie sich das bei der Schauorchester-Vermächtnispflege gehört, spielten sie, als wäre es ihnen bitterernst damit. Am meisten Schau machten die Blechbläser, mit passenden Eins-zwei-Tanzschrittchen. Natürlich ein massives Repertoire; irgendwo gehört, und gleich mal gespielt … und zwar energisch. Von Roy Orbison über die Shadows (mit einem Kopfnicken in Richtung Eagles) bis zu Daniel O'Donnell. Es war *Wunschkonzert fürs Krankenhaus* live. Auch nach der durch die Zeitläufte bewährten Formel: Ein schneller Set, Damenwahl, zurück auf »schnell«. Für zwischendurch gab es immer mal wieder einen einsamen Vortragskünstler. Die Bühne wurde schwarz, ein einzelnes Spotlight auf den Sänger. Da stand er dann, den Kopf gesenkt, und eine Stimme intonierte:

»Damen und Herren, Elvis Presley«, oder Chris de Burgh oder sogar Buddy Holly.

Natürlich derselbe Sänger. Er hatte die Art Stimme, die bei *Irland sucht den Superstar* durchgefallen war. Auf halbem Wege durch den Abend legte die Band eine Pause ein; wie alle anderen strebten die Musiker an die Bar. Das Schicksal wollte es, dass ich neben dem Leadsänger stand. Schweiß floss an ihm herunter. Er keuchte:

»Wiegehts?«

»Kann ich Ihnen einen ausgeben?«

»Nein, wir kriegen aufs Haus.«

»Haben Sie auch verdient, tolle Show.«

»Danke, ist unsere letzte vor der Tournee.«

»Tournee?«

»Ja, Kanada, dann zwei Monate in Las Vegas.«

Ich mühte mich, dass es mich nicht schüttelte, und sagte:

»Ihr habt es gut.«

»Und unser Album kommt raus.«

»Toll, wie soll es heißen?«

»*Greatest Hits.*«

Ich war gnädig genug, nicht zu fragen:

»Wessen?«

Er packte ein Tablett mit Getränken und sagte:

»Es besteht sogar die Chance, dass wir in der *Late Late Show* auftreten.«

»Ich werde die Daumen drücken.«

»Das wäre dann der endgültige Durchbruch.«

»Den habt ihr doch längst geschafft.«

Das behagte ihm besonders. Als ich versuchte, meine Getränke zu bezahlen, wurde mir gesagt, das hätte die Band übernommen. Es gibt Momente, selten wie Glück, da ist man froh, dass man lebt. Dies war einer. Ich tanzte dreimal, zweimal schaffte ich was Langsames. Da kann man sich durchmogeln. Halt sie einfach fest und latsch ihr nicht auf die Füße, und das irgendwie leichthin. Die schnellen Nummern waren ein Albtraum. Ich versuchte auszusehen, als beherrschte ich ein paar spezielle Schritte. Eine Frau hat mal gesagt:

»Du hast in den Sechzigern tanzen gelernt.«

Das ist eine dieser Feststellungen, bei denen man nicht noch mal nachfragt. Die Antwort möchte man sowieso nicht hören. Laura war natürlich eine tolle Tänzerin. Ich stümperte herum, der Schweiß troff an meinem Leib herab, und eine Stimme in meinem Kopf brüllte: »Trottel!« Als wir wegen der Nationalhymne stillstanden, schwor ich mir: Nie wieder. Als wir nach Hause gingen, hakte Laura sich bei mir unter und sagte:

»Das war irre schön.«

Zu Hause lächelte sie und machte:

»Ich kann bleiben.«

Nachdem wir miteinander geschlafen hatten, stützte sie sich auf einen Arm und betrachtete mich prüfend. Ich wollte den Raum in Dunkelheit versenken. Ihre Finger berührten die Tätowierung, und sie fragte:

»Ist das ein Engel?«

»Ja.«

»Dein Schutzengel?«

»Ich weiß nicht, ich habe ihn bei einer Partie Snooker-Billard bekommen.«

»Du hast gewonnen?«

»Nein, verloren.«

Eins, was mein Dad mir beigebracht hat, ist Snooker. Er hat in Ausscheidungsturnieren der Provinz Connaught mitgespielt. Ich lernte gut. Verlor fast nie. Bis zu meiner Ausbildung in Templemore. Wir hatten über das Wochenende frei und waren auf dem Weg in die Innenstadt von Dublin. Eine Snooker-Halle in der Mary Street hatte seit je einen Ruf wie Donnerhall. Ich hatte alle anderen Kadetten geschlagen, als unser Sergeant erschien und mich zu einer Partie herausforderte. Ich wusste bereits, dass man nie um Geld spielt, und wir mussten uns etwas anderes einfallen lassen. Der Sergeant hatte die Ärmel aufgekrempelt, und seine Arme strotzten vor Tätowierungen. Er sagte:

»Davon halten Sie wohl nichts, Taylor, mein Junge?«

»Sind nicht so mein Ding.«

»Nun, wenn Sie verlieren, kriegen Sie eine, wie wär's?«

Leichteste Übung, dachte ich. Und verlor. Zu den Kais hinunter waren wir gegangen. Damals waren Tätowierstuben noch etwas zweifelhaft. Von all den grässlichen Symbolen im Angebot war der Engel am wenigsten befremdlich. Ob es wehtat? Wie Hund tat es weh.

»Die Fabel von jemandem mit dir im Dunkeln.
Die Fabel von jemandem, der mit dir im Dunkeln fabuliert.
Und wie viel besser am Ende verlorene Müh'. Und Schweigen.
Und du, wie du immer warst. Allein.«

Samuel Beckett, *Gesellschaft*

Ich ging in einen Militärklamottenladen und kaufte einen strapazierfähigen Rollkragenpullover sowie Thermo-Leggings und Socken. Der Verkäufer, junger Typ in den Zwanzigern, fragte:

»Wie kalt wird es denn etwa werden?«

»Sehr, da, wo ich hinwill.«

»Sibirien oder da herum?«

»Nein, Claddagh.«

Vor dem Laden sagte ein mir vage bekanntes Gesicht:

»Wiegehts?«

Ich blieb stehen und versuchte, ihn unterzubringen. Sein linkes Ohr war von vier Ringen durchbohrt. Er half mir:

»Ich hab früher, in ihrer Punkphase, mit Cathy rumgehangen.«

»Ja, stimmt.«

»Sie sind dieser alte Typ … Taylor … Ja?«

»Danke.«

»Sie sagte immer, Sie sind echt cool.«

»Noch mal danke.«

Ich dachte, er haut mich um ein Darlehen an, und sagte:

»Gut, Sie zu sehen.«

»Hören Sie, wie wär's mit einem bisschen Speed?«

Ich hatte schon fast Nein gesagt, da dachte ich: »Moooment.« Ich musste mir eine ganze Nacht um die Ohren schlagen, da konnte ein kleiner Vorteil nicht schaden. Ich sagte:

»Klar, geben Sie mir ein paar.«

Nicht eben billig. Der Suchtkopp in mir wollte sich natürlich sofort eine reinpfeifen, sehen, wie es lief. Vor lauter Koksmangel tanzten mir die Zähne in den Kiefern. Ging nach Hause und rief Cathy an.

»Jack, wie geht es dir?«

»Recht gut. Wie geht's dem Mann?«

»Eher schlecht.«

»Ist normal.«

»Aber er hat nichts dagegen unternommen, deshalb hoffe ich, dass es vorbei ist. Meinst du, es ist vorbei?«

»Tja, Cathy, ich weiß es nicht. Aber er hat mehr Glück als die meisten.«

»Jack? Du wirst ihn doch nicht wieder in den Suff locken?«

»Was?«

»Bitte, Jack?«

»Nein, ich garantiere, ich werde nicht versuchen, ihn zu versuchen.«

»Danke, Jack.«

Klick. Ich wollte ein Loch in die Wand hauen. Das Telefon klingelte. Sie wollte sich entschuldigen. Keegan.

»Vermisst du mich, Bürschlein?«

»Schmerzlich.«

»Ich habe noch ein bisschen über Bryson ermittelt, sogar mit seiner Mutter gesprochen.«

»Und?«

»Ja, sein Alter war ein bösartiger Säufer und hat den Jungen auf jede erdenkliche Weise missbraucht.«

»Also hat er die Motivation, Säufer zu hassen.«

»Ja ... Aber ...«

»Aber was?«

»Ich glaube nicht, dass er dein Mann ist.«

»Och komm, Keegan, als du hier warst, wolltest du ihm noch künstlich was anhängen.«

»Hör zu, Jack, ich habe ungern unrecht. Seine Mutter und andere sagen, er hat immer behauptet, er habe was angestellt, um Aufmerksamkeit zu kriegen. Hier ist der Haken: vielleicht hasst er Alkis, aber er hat auch furchtbar viel Gutes getan, hat ihnen richtig geholfen.«

»Tut mir leid, Keegan, der Scheißkerl hat mir eine Hand geschickt.«

»Eine echte Hand?«

»Nein, aus Plastik, aber der Schock war echt genug.«

»Genau das ist es, Jack. Er ist eine Plage und braucht einen Tritt in den Arsch, mehr nicht.«

»Keegan, London hat dir das Hirn versaut. Er ist es.«

»Sieh mal, Jack, da kommt noch vieles hinzu. Ich ...«

»Ich muss los, Keegan.«

»Komm schon, Jack, denk drüber nach.«

»Habe ich bereits. Muss los.«

Klick.

So war London, haute einem das Hirn mit Zweifeln und Skrupeln zu. Ich musste Keegan mal den Kopf zurechtsetzen.

Ich hatte gehofft, Nimmo's Pier nie wiederzusehen. Ein entmutigendes Vorhaben, wenn man in Galway wohnt, denn an Nimmo's Pier kommt keiner vorbei, der sich auf der Promenade ergehen will. Der Prom-Gang ist Pflicht. Ich hatte dort meinen besten Freund ersäuft, mit vollem Vorsatz. Die größte Ansammlung von Schwänen ist beim Claddagh, und vor der Pier ballen sie sich regelrecht. Es führt nur ein Weg zu den Vögeln, ein Bootsslip hinunter zum Wasser. An den meisten Tagen ist da jemand und verteilt Brot. Die Schwäne versammeln sich an dieser Futterstelle. Wenn man einen umzubringen plant, muss man es dort machen. Seit dem letzten Gemetzel war jetzt eine Woche vergangen, und um zwei Uhr morgens ging ich hin. Die Lichter der Stadt auf der anderen Seite der Bucht. Ich vermied den Blick auf Nimmo's, fand was, wo ich mich einigermaßen windgeschützt hinkauern konnte. Mit meinen dunklen Klamotten war ich für späte Passanten unsichtbar. Hoffte ich zumindest.

Mit Allwettermantel, Thermo-Sachen und Handschuhen konnte ich dem Wind trotzen. Ein schwarzes Wollmützchen über die Ohren gezogen. Zur Vorbereitung hatte ich eine Thermoskanne mit Kaffee und Brandy gefüllt. Musik und Gelächter trieben über das Wasser. Ich nahm einen Schluck aus meinem großen Flachmann. Meine Beine schmerzten vor Steifheit, und ich machte ein paar Übungen, um sie zu lockern. Um vier kam die Müdigkeit, und ich pfiff die Amphetamine ein. Zwanzig Minuten lang nichts; nahm an, dass mir der Typ Blindgänger verkauft hatte. Na, der konnte was erleben. Als Nächstes wurde ich von einem Energieschock fast auf die Beine katapultiert. Angekurbelt? Ich war in der Umlaufbahn. Die Warnung »Speed kills« kam mir in den Sinn, gefolgt von »Na und?«. Mein Herz schlug jede Sekunde schneller, und es gefiel mir. Es ist gar nicht gut, wenn man massive Herzrhythmusstörungen gut findet.

Und gut fand ich sie. Ich hatte das Gefühl, ich könnte Eisenstangen mit den Zähnen verbiegen. Die Inspiration zu einem Roman kam angetobt, und in Nullkomma schrieb ich ihn in Steno nieder. Ich wollte rufen:

»Der wird ein Klassiker.«

Ich hüpfte weiter auf und ab wie Johnny Rotten auf dem Zenit seines Ruhms. Sprang auf die Straße und bettelte den Schwanentöter an, er möge sich endlich zeigen. Er zeigte sich nicht. Acht Uhr, es ließ nach, ich machte mich auf den Nachhauseweg. Mein Gesicht fühlte sich von den Zuckungen wund an, die Nervenenden waren elektrisch. Ein Milchmann sagte: »Guten Morgen«, und ich grölte: »AUCH IHNEN EINEN GUTEN MORGEN.« Versuchte, es in den Griff zu kriegen, brüllte aber noch einen Briefträger und eine Putzfrau an. Ich brauchte zwei Stunden bis zum Haus, weil meine Füße mich immer wieder zu Hundertmeterläufen zwangen. Endlich daheim, rannte ich in meiner Raserei mehrmals die Treppe rauf und runter. Immer mit Thermo-Unterwäsche! Der Aufprall, als er kam, war böse und brutal. Brach auf dem Sofa zusammen, total alle. Zog genug Schärfe, um die Wanduhr zu sehen, sah, dass es zwölf Uhr mittags war, quengelte:

»*Noon*, aber nicht mehr *high*.«

Schlief bis zehn Uhr abends. Im Aufwachen dachte ich:

»Speed bist du keinesfalls gewachsen.«

Versuchte es mit den üblichen Restaurierungsarbeiten: Dusche, Nahrung, Kaffee, frische Klamotten. Brachte den Nachbrenner vom Speed kaum zum Flackern.

Gegen Mitternacht wieder die Vorbereitungen. Als ich damit fertig war, der prüfende Blick in den Spiegel. Nicht schön. Meine Gesichtshaut war grau, aus meinen Augen sprach der blanke Wahn. Latschte wieder zum Claddagh. Was auch geschehen mochte, Speed kam nicht mehr infrage. Kauerte mich wieder gegen die Mauer, und es fing heftig zu regnen an. Wenn jetzt der Vogelmörder kam, konnte ich ihn allerbestenfalls beschimpfen. Er kam nicht. Hin und wieder nickte ich ein, immer nur lange genug für einen kurzen Albtraum. Gegen vier wachte ich auf, weil zwei Schwäne auf meine Füße einhackten. Ich rief:

»... bloß ab, ihr Schweinebande!«

Sie zischten und schienen bereit loszuschlagen. Das Geräusch, das sie machen, ist wirklich einschüchternd. Ich zwang mich stillzuhalten, und endlich watschelten sie davon. Meine Schwärmerei für Schwäne schwand geschwind. Frühmorgens-nasskalt-deprimiert maulte ich:

»Bin ich zu alt für Tesco?«

Die Schwäne begannen, mir eine scheißende Angst einzujagen. Im Dämmerlicht wirkten sie so bedrohlich. Ich trank oft aus der Thermos, flehte den Brandy an, er möge endlich zünden. Als die Dämmerung hereinbrach, schwor ich:

»Und Schluss; hiermit bin ich durch.«

Um neun verließ ich meinen Posten und kletterte matt zum Uferweg hinauf. Ein Anfall von Benommenheit, und ich schaffte es kaum bis auf die Bank. Versuchte, mir eine Lulle anzuzünden, aber die Dinger waren durchnässt. Kurze Zeit später hörte ich:

»Jack Taylor?«

Drehte mich hin und sah den Schwanenmann. Ich nickte, und er sagte:

»Mein Gott, Sie sehen ja schrecklich aus.«

»Das ist meine Verkleidung.«

»Waren Sie die ganze Nacht hier?«

»Ja.«

Er zeigte auf die Häuser weiter hinten und sagte:

»Da drüben wohne ich ..., St. Jude's. Ich mache Ihnen Frühstück, Sie können heiß duschen.«

»Nein, alles okay.«

»Ich möchte mich für den Ausbruch neulich entschuldigen. Jetzt sehe ich, dass Sie ein gewissenhafter Mensch sind.«

Er streckte die Hand aus und sagte:

»Danke für Ihre Hilfe.«

Ich war etwa hundert Meter weit gekommen, als er rief:

»Ich werde persönlich dafür sorgen, dass Ihnen ein weiteres Pfund ausgezahlt wird.«

Ich war versucht zu sagen:

»Du bereitest mir einen Tisch im Angesicht meiner Feinde, du salbest mein Haupt mit Öl und schenkest mir voll ein.«

Aber er war, wie die Iren sagen, »so unschädlich wie blöd«, und ich winkte ihm schlicht mit der Hand. Meine Galle konnte ich gezielter einsetzen.

Am nächsten Abend kam Laura vorbei. Sie hatte was vom Chinesen geholt, und wir gönnten uns ein Minifestmahl. Scheu wie das Reh sagte sie:

»Ich habe Wein gekauft.«

»Toll.«

»Ich versteh überhaupt nichts von Wein.«

»Ich auch nicht.«

Großes Lächeln.

»Du bist ein süßer Mann.«

»Und was hast du gekriegt?«

»Beaujolais, ist das in Ordnung?«

»Perfekt.«

Später sagte sie:

»Gestern Nacht ist was Seltsames passiert.«

»Erzähl.«

»Ich bin mit Vicky einen zwitschern gegangen … Weißt du? Meine Freundin?«

»Richtig.«

»Wir waren also bei Busker's, und diese beiden Typen, ständig haben sie uns belästigt, wollten einfach nicht aufhören. Jedenfalls, als wir gingen, haben sie versucht, uns auf der Straße zu schnappen. Dann kam dieser Mann wie aus dem Nichts und ...«, sie breitete weit die Arme aus, »... knallte ...«, sie klatschte patsch in die Hände, »... ihre Köpfe gegeneinander und gegen die Mauer. Dann hat er sich zu uns umgedreht und gesagt: ›Miss Nealon, Sie können jetzt weitermachen.‹ Wir waren wie vom Donner gerührt.«

Ich dachte, aha, Bill hält Wort, konnte nur hoffen, wenn die Zeit kam, dass ich ebenfalls Wort halten konnte. Ich sagte:

»Das alte Galway. Einer passt auf den anderen auf.«

»Ach, das war niemand, den du kennst?«

»Ich? Nein.«

Was sollte ich ihr sagen, dass ich Schutz angemietet hatte? Nein, den Deal beließ ich auf der Unbedingt-wissen-müssen-Basis, und davon musste sie unbedingt nichts wissen. Ich hob mein Glas und sagte:

»*Sláinte.*«

Dritte Nacht, und ich bin gegen die Mauer geduckt. Der Regen peitschte und fand mich, egal, von wo er kam. Die Schwäne hatten sich in der Nähe der Küste zusammengekuschelt; kam mir vor, als wäre ich in einer Folge von *Twilight Zone* gefangen, auf ewig von unberechenbaren Schwänen umzingelt. Hatte beschlossen, mich früh von dieser Wache zu verabschieden, vielleicht gegen fünf nach Hause abzuhauen. Kurz nach vier blieb eine Gestalt bei der Mauer stehen, direkt über mir. Ich konnte hören, wie unter Schwierigkeiten geatmet wurde, Asthma oder was. Ich sah zu, wie sich die Gestalt dem Slip näherte ...

... und herunterkam.

Ich sah nur einen langen Mantel, Gummistiefel und, dann, wie Metall aufblitzte. Machete.

Die Gestalt näherte sich dem Wasser. Ich hoch, versuchte, den Schmerz in meinen Gelenken zu vergessen. Ich hörte gleichmäßige Geräusche in Richtung der Schwäne. Er lockte sie. Das fand ich gespenstischer als sonst was. Zwei der Vögel näherten sich. Er hob das Messer. Ich sagte:

»Hallo, Scheißkerl.«

Er drehte sich um, und ich kam näher. Er konnte nicht älter als sechzehn sein, kurz geschnittenes blondes Haar, ein gewöhnliches Gesicht, nichts, was es von anderen Gesichtern unterschied, bis man die Augen sah. Ich habe mal gelesen, wie Hemingway Wyndham Lewis beschrieb. Er habe »die Augen eines professionellen Vergewaltigers«, hieß es da. Hier waren sie. Er sagte:

»Verpiss dich, oder ich schneide dich kaputt.«

»Warum machst du das?«

»Für meine Prüfungen.«

»Was?«

»Luzifer gibt mir lauter Einser für achtzehn Köpfe.«

»Achtzehn?«

Er blickte zutiefst belästigt drein und fauchte:
»Sechs sechs sechs, die Zahl der Bestie.«
»Heiland.«
Er rannte auf mich zu. Ich ließ ihn kommen und verpasste ihm dann einen Elektroschock. Der Stromstoß haute ihn von den Füßen und ins Wasser. Ich war erstaunt von der Wucht. Als der Junge fuchtelte, kam mir in den Sinn, ihn ertrinken zu lassen. Dann machten sich die Schwäne über ihn her. Es war eine regelrechte Schlacht, wie ich sie abwehrte, als ich ihn aus dem Wasser zerrte. Dauerte etwas, bis ich wieder Luft kriegte, und hob ihn mir dann mühevoll über die Schulter. Er stöhnte, als ich die Fahrbahn überquerte. Ich hämmerte gegen die Tür von St. Jude's, bis ein Licht anging. Tate öffnete und machte:
»Oh mein Gott.«
»Hier ist Ihr Schwanentöter.«
»Was soll ich jetzt machen?«
Ich legte den Jungen auf den Fußboden, sagte:
»Machen Sie's schnell, egal, was es ist, ich glaube nämlich, die Schwäne haben ihm ein Auge ausgehackt.«
Ich drehte mich um und ging weg. Er rief:
»Wo wollen Sie hin?«
»Wo es eine *pint* gibt.«

Nachglühen

Die Geschichte schaffte es auf die erste Seite.

HELD DES TAGES

Der aus Galway gebürtige Jack Taylor half bei der Festnahme der Person, die in Verdacht steht, Schwäne umgebracht zu haben. In den vergangenen Wochen waren die Anwohner des Claddagh immer wieder über die arglistigen Anschläge empört gewesen.

Ein Sprecher der betroffenen Bürger sagte: »Die Schwäne sind Teil unseres Erbes.«

Mr Taylor, ein Ex-Polizist, hatte eine Anzahl von Nächten hindurch Wachposten bezogen. Der mutmaßliche Delinquent soll ein Jugendlicher aus Salthill (Galway) sein. Kriminaldirektor Clancy sagte in einer kurzen Stellungnahme:

»Die Polizei sieht den mangelnden Respekt, den junge Leute in Bezug auf Einrichtungen im öffentlichen Bereich an den Tag legen, mit wachsender Sorge. Wir werden keinen mutwilligen Vandalismus dulden.«

Er appellierte an die Eltern, bei der Überwachung junger Erwachsener eine aktivere Rolle zu spielen. Mr Taylor stand für keinen Kommentar zur Verfügung.

Ich hatte endlich einen Fall gelöst. Jawoll, ich hatte ihn geknackt. Fühlte ich mich gut? Einen Dreck fühlte ich mich gut. Ein Gefühl von Trostlosigkeit verschlang mich. Wolke der Unwissenheit ...? Nicht ganz. Ich wusste, und es tröstete mich nicht. Leere hatte sich wie ein greifbares Gefühl von Angst und Schrecken in meinem Innern ausgebreitet. Zurück zum Wesentlichen, zurück zu den Büchern. Ich las, als wäre es mir ernst damit. Im Jahre 91 war ich auf David Gates gestoßen, seinen ersten Roman *Jernigan*, kein Buch, das bei Süchtigen auf große Zustimmung gestoßen war. Der Ich-Erzähler ist versoffen, aggressiv, wahnsinnig. Von seiner eigenen Ironie gemartert, folgt er den Pfaden einer perversen Analyse. Das Buch beschreibt das Grauen der amerikanischen Vorstädte. Ich habe es ein paar Leuten geliehen, die es alle hassten. Ich fragte:

»Und was ist mit dem Humor?«

»Du bist ja genauso krank wie Jernigan.«

Berechtigter Einwand. Doch die Revanche kam, als er für den Pulitzer-Preis nominiert wurde. Ich machte mich an die Lektüre seiner Kurzgeschichten, die unter dem Titel *Wunder der unsichtbaren Welt* versammelt sind. In »Star Baby« verlässt ein schwuler Mann die große Stadt, um in seinem Heimatkaff zu leben, wo er sich aber in der Rolle der Vaterfigur für den Sohn seiner auf Entzug befindlichen Schwester wiederfindet.

»Meist drückt er sich, wenn er Deke in Restaurants mitnehmen soll, nicht wegen des ganymedischen Aspekts, sondern weil die beiden so allein auf der Welt wirken.«

Ich fand »ganymedisch« ein sehr schönes Wort. Ein bisschen schwierig in die tagtägliche Konversation einzuflechten, aber man wusste ja nie. Die nächste Geschichte war »Der verrückte Gedanke«. Eine Frau vermisst ihre große Liebe und hadert mit dem Leben in der Großstadt und ihrem verbitterten Ehemann.

»›John Le Carré ist doch gar nicht übel‹, sagte Paul. ›Den würde ich jedenfalls jederzeit eher lesen als den beschissenen John Updike. Wenn wir sowieso gerade von Schriftstellern sprechen, die John heißen.‹«

Es klingelte an der Haustür. Ich sagte:

»Scheiße.«

Und stand auf, um aufzumachen. Zuerst erkannte ich ihn nicht, dann:

»Kriminaldirektor Clancy.«

Er war in Zivil, im Dreiteiler. Vor drei Jahren bei Penney's der große Renner gewesen. Er fragte:

»Darf ich reinkommen?«

»Zeig erst mal den Durchsuchungsbefehl.«

Sein Gesicht bewölkte sich, und ich sagte:

»Quatsch. Komm rein.«

Brachte ihn in die Küche, fragte:

»Kann ich dir was servieren?«

»Tee, Tee wäre toll.«

Er quälte sich auf den Stuhl, wie jemand, der sich jüngst am Rücken verletzt hat. Er sah sich in der Küche um, sagte:

»Gemütlich.«

Das, fand ich, erforderte keine Replik. Ich sah ihn mir genau an. Als ich ihn kennengelernt hatte, war er dünn wie ein Zahnstocher gewesen. Wir waren gute Freunde geworden. All das war lange her. Sein Bauch wölbte sich über der Hose. Speckrollen klemmten ihm fast die Augen zu, sein Gesicht war scharlachrot, und sein Atem ging schwer. Ich stellte ihm einen Pott Tee hin, sagte:

»Kekse sind leider aus.«

Er lächelte ein Wolfslächeln, sagte:

»Man muss dir gratulieren.«

»Zum akuten Keksmangel?«

Schüttelte den Kopf, sagte:

»Zu der Schwänekiste. Du bist Stadtgespräch.«

»Da habe ich nur Glück gehabt.«

»Die andere Kiste, das mit den Landfahrern, verfolgst du das noch immer?«

»Nein, da bin ich nicht weitergekommen. Ein paar von deinen Burschen haben mich unlängst vermöbelt, haben gesagt, du hättest es befohlen.«

»Ach, Jack, die neuen Jungs, neigen ein bisschen zum Übereifer.«

»Also weshalb bist du hier?«

»Rein privat. Wir kennen uns ja schon seit einer Ewigkeit.«

Seit einer durchgehend miesen Ewigkeit. Er stand auf, hatte den Tee nicht angerührt.

»Folgendes.«

»Ach ja?«

»Bill Cassell, unser schwerster Fall hier, da wärst du gut beraten, dich von ihm fernzuhalten.«

»Ist das eine Warnung?«

»Jack, du wirst verfolgungswahnsinnig. Nur ein Wort unter Freunden.«

»Ich habe auch ein Wort für dich ..., ganymedisch. Schlag's nach, es lohnt sich.«

Als er das Haus verließ, glitt ein Auto heran, ein Polizist stieg aus und öffnete den hinteren Wagenschlag. Ich sagte:

»Eindrucksvoll.«

»Ein hoher Rang bringt Privilegien mit sich.«

Ich starrte ihn *so* an und sagte:

»Das sieht man; du bist ein Mann von Gewicht.«

Ich hatte wieder Derek Raymond gelesen und diese Stelle gesondert zur Kenntnis genommen:

Die Oberschicht als letzter Dreck

Mir scheint, egal, ob man heiratet, sich häuslich einrichtet, mit einer Mausi zusammenlebt oder nicht, irgendjemand hat es bestimmt auf einen abgesehen, wie Bomben im Krieg; und selbst wenn man die Betreffenden gar nicht so übermäßig schätzt, kann man nichts dagegen unternehmen – es sei denn, man wäre bereit, das Schicksal aus dem Dasein hinauszuargumentieren, was man wahrscheinlich könnte, wenn man es ernstlich versuchte, ich bin aber nicht der Typ für so was.

Die nächsten paar Tage muckste ich mich nicht. Das Allererstaunlichste war geschehen. Ich hatte meinen Schnapskonsum eingeschränkt. Der blindwütige Schmachter auf Koks war abgeflaut. Nur noch ein matter Schmerz, mit dem ich leben konnte. Hatte Angst, wenn ich vor die Tür ging, würde die gesamte Nervenscharade zusammenbrechen. Las etwas Merton, suchte spirituelle Nahrung. Und fand keine.

In Wahrheit irritierte er mich wie der letzte Beschiss. So etwas leitete normalerweise zu einem vorsätzlich grimmigen Dauerbesäufnis über. Als Laura anrief, sagte ich:

»Schatz, ich hab die Grippe.«

»Ich komm dich pflegen.«

»Nein, nein, lass mich einfach meinen Hustensaft nehmen.«

»Ich möchte dich sehen, Jack.«

»Aber nicht krank.«

»Ist mir egal.«

»Mensch, wie soll ich dir das denn noch sagen, krank möchtest du mich gar nicht sehen.«

»Ist mir egal.«

»Mir aber nicht. In maximal drei Tagen bin ich wieder auf dem Damm.«

Außerdem ging sie mir auf den Wecker. Ich hätte Schwierigkeiten gehabt, jemanden oder etwas zu benennen, was mir nicht auf den Wecker ging. Zweiter Tag lebendig begraben, prompt klingelte es an der Tür. Öffnete, und es war einer vom Clan. Ich hatte ihn mit Sweeper zusammen gesehen. Ich schnappte:

»Was?«

»Sweeper hat mich gebeten nachzusehen, ob bei Ihnen alles okay ist.«

»Sie haben nachgesehen, leben Sie wohl.«

Versuchte, die Tür zuzumachen. Er streckte die Hand aus, sagte:

»Ich bin Mikey, könnte ich auf eine Minute reinkommen?«

»Auf eine Minute, die Zeit läuft.«

Er kam herein, sah sich um. Ich fragte:

»Was genau suchen Sie?«

»Gar nichts. Sie halten das Haus prima in Schuss.«

Er sprach wie angelernt, als kostete er jedes Wort aus. Er fragte:

»Ob ich wohl ein Glas Wasser bekommen könnte?«

Ich gab ihm eins, er trank es schnell aus und sagte:

»Ich habe einen verzweifelten Durst. Muss der Frühstücksspeck gewesen sein.«

»Mikey, warum habe ich das Gefühl, Sie hätten noch einen Tagesordnungspunkt abzuhaken?«

»Ich habe hier gewohnt.«

»Sweeper hat gesagt, es wäre eine Familie gewesen.«

»Nein, nur ich.«

»Warum sind Sie ausgezogen?«

»Sweeper hat mich Ihretwegen woanders untergebracht.«

Ich steckte mir eine Rote an und blies den Rauch in seine Richtung.

»Ah, Sie sind sauer.«

Er drückte das Glas, sagte:

»Ich hätte nichts dagegen, wenn Sie es sich verdient hätten.«

»Ich habe den wahrscheinlichsten Verdächtigen gefunden.«

»Und der ist jetzt ... wo?«

Mir reichte es, und ich sagte:

»Mir reicht's. War sonst noch was?«

»Nein. Könnte ich ein paar Bücher ausleihen?«

»Sie lesen?«

»Glauben Sie, fahrendes Volk liest nicht?«

»Hören Sie bloß damit auf. Ich bin nicht in der Stimmung für die Nummern mit den verfolgten Minderheiten.«

Er regte sich nicht, sagte:

»Also? Die Bücher?«

Ich ging zur Haustür, sagte:

»Besorgen Sie sich einen Bibliotheksausweis.«

»Sie wollen mir keine Bücher geben?«

»Kaufen Sie sich welche.«

Und ich knallte ihm die Tür vor der Nase zu.

Wieder klingelte es, und ich riss die Tür auf, bereit zu kämpfen. Es war mein Nachbar. Ich sagte:

»Oh.«

Er sah schon ziemlich mitgenommen aus, wenn es ihm richtig gut ging. Jetzt schien man ihn zuerst nach außen gestülpt und dann auf ihm herumgetrampelt zu haben. Er hielt eine Flasche, sagte:

»*Poitín.*«

»Ämm ... Danke ..., glaube ich jedenfalls.«

»Ich habe mir ein Rubbellos gekauft und gewonnen.«

»Viel?«

»Ich war eine Woche lang auf der Rolle.«

»So viel, was?«

»Gestern Nacht war ich in einer richtig exklusiven Kneipe.«

»In einer richtig exklusiven Kneipe?«

»Man macht die Tür auf, und alles singt: ›Only you ...‹«

Ich hielt die Flasche hoch. Die Flüssigkeit war glasklar. Ich sagte:

»Die klare Ware.«

Ihn schauderte, und er sagte:

»Dafür kann ich mich verbürgen. Die Schwarzbrennerei ist in Roscommon.«

»Ich dachte, die Polizei schließt alle Schwarzbrennereien.«

»Dies hat mir ein Polizist verkauft.«

»Das bürgt für Dualität.«

»Gibt nichts Bess'res.«

»… mir zuletzt klar wurde, dass das Dunkle, das ich immer heftig zu unterdrücken versucht hatte, in Wirklichkeit meine unerschütterlichste Verbindung zu …«

Samuel Beckett, *Krapps letztes Band*

Ein weiterer Tag des Überwinterns. Im Radio senden sie aus irgendeinem Grund ein Interview mit Muhammad Ali. Ich höre nur halb zu, bis:

»Der Mann, der mit fünfzig die Welt noch so sieht wie mit zwanzig, hat dreißig Jahre seines Lebens vergeudet.«

Ich liefere den Scheißkerl den Bullen aus.

Heiland.

Denke mir, es ist Zeit, zur Kriminalität zurückzukehren, zumindest büchertechnisch. Ich bleibe bei Lawrence Block kleben; muss ihn rasend schnell lesen, während Matt Scudder, sein Held, sich lang und breit über die Genesung vom Alkoholismus auslässt. Dünnes Eis von der dünnsten Sorte. Schlimmer noch, einmal beschreibt er den Unterschied zwischen Alkoholiker und Fixer. Mit der drohenden Wolke von Speed und Koks über mir und einer Flasche *poitín* im Küchenschrank stehe ich zwischen einem Granitfelsen und was Hartem. Prima Vergleich? Prima Vergleich. Er schreibt:

»Zeige einem eingefleischten Fixer den Garten Eden, und er sagt, er will ihn dunkel und kalt und abweisend. Und er will ganz alleine drin sein.«

Ich stand auf, holte mir eine Lulle, fand die Textstelle nicht so gut. Legte *Flame* von Johnny Duhan auf. Die perfekte LP für meinen zerrütteten Zustand. Beim dritten Titel beruhige ich mich etwas, sage:

»Okay.«

Und zurück zu Block.

»Der Unterschied zwischen dem Säufer und dem Fixer ist, dass der Alki einem die Brieftasche klaut. Das macht der Fixer auch, aber anschließend hilft er einem suchen.«

Ich legte das Buch beiseite, sagte:

»Genug; Zeit, vor die Tür zu gehen.«

Und das tat ich. Leider. Oder, wie der Ire sagt, leiderleiderleider.

Ich kam am GBC vorbei und dachte an mein letztes Treffen mit Keegan in diesem schönen Café. Aus sozusagen Wehmut trat ich ein, kriegte einen doppelten Cappuccino und ein Mandelcroissant. Bat die Bedienung:

»Bitte ohne Kakaopulver drauf.«

Sie war verblüfft und sagte:

»Wie können Sie den Cappuccino ohne Kakaopulver drauf trinken?«

»Mit großem Genuss, okay?«

Setzte mich ans Fenster, ließ die Welt vorüberschlendern. Schnitt ein Stück vom Croissant ab und begann zu kauen. Gut? Es war der Himmel. Half, den Schmachter auf Koks fernzuhalten. Eine Frau näherte sich, sagte:

»Sie sind Jack Taylor.«

Mitten im Kauen gelang mir ein:

»Ja.«

»Hätten Sie eine Minute Zeit für mich?«

»Okay.«

Sie war Ende fünfzig, aber gut erhalten. Trug die Art Kostüm, wie Maggie Thatcher es bekannt gemacht hatte. Was mir eins sagte: »Obacht.« Sie setzte sich, fixierte mich unverwandt, fragte:

»Kennen Sie mich?«

»Nein, nein, ich kenne Sie nicht.«

»Mrs Nealon, Lauras Mutter.«

Ich streckte die Hand aus, sie verschmähte sie und sagte:

»Wir sind in derselben Altersgruppe, meinen Sie nicht?«

Der Schaum auf meinem Kaffee schwand. Ich probierte die lockere Tour und sagte:

»Plusminus zehn Jahre.«

Keine gute Idee. Sie eröffnete das Feuer:

»Ich glaube kaum, dass Laura zu Ihnen passt.«

»Mrs Nealon, es ist sowieso nichts Ernstes.«

Ihre Augen blitzten.

»Wie können Sie es wagen? Meine Tochter ist völlig vernarrt in Sie.«

»Da übertreiben Sie, glaube ich.«

Sie stand auf, ihre Stimme war laut:

»Lassen Sie sie zufrieden, Sie dreckiger Lustmolch.«

Und stürmte hinaus.

Alle sahen mich strafend an. Ich sah das Gebäck an, welches sich allmählich wellte, dachte:

»Sowieso zu süß.«

Der Cappuccino war endgültig in sich zusammengesunken.

Als ich mich davonstahl, fiel mir ein Spruch von Borges ein, den Kiki gern zitierte:

»Aufwachen, wenn nur der Morgen Vergessen bedeutete.«

Versuchte, auch noch den alten Galwayer Spruch auf mich einwirken zu lassen:

»Das GBC ist was für Landeier. Für Landeier und Handlungsreisende.«

Würde es klappen? Einen Scheiß würde es.

Rief Laura an, und Laura rief:

»Es geht dir besser.«

»Was?«

»Deine Grippe, sie ist weg.«

»Jaja.«

»Ich bin so froh. Ich habe dir eine Gute-Besserung-wünscht-Karte gekauft, mit Snoopy drauf, und ich weiß nicht mal, ob du Snoopy überhaupt magst. Jack, es gibt so vieles, was ich so dringend über dich wissen muss. Ich komm sofort zu dir.«

»Laura ... Ich ... Ämm ... Hör zu ... Ich werde dich nicht mehr sehen.«

»Du meinst heute?«

»Heute und ... und auch sonst nie mehr.«

»Warum, Jack? Habe ich was falsch gemacht? Habe ich ...«

Das musste aufhören, und ich sagte:

»Ich habe eine andere kennengelernt.«

»Oh Gott, ist sie hübsch?«

»Sie ist älter.«

Und ich legte auf.

Ich fühle mich nicht wohl in meiner Haut; eine andere Haut kenne ich praktisch gar nicht. Ich stand da, die Hand immer noch auf dem stummen Telefon. So tief war selbst ich noch nie gesunken. Ging an den Küchenschrank, holte das *poitín* heraus, und es klingelte an der Haustür. Ich sagte:

»Scheiße.«

Stampfte hinaus und riss die Tür auf. Es war Brendan Flood, Ex-Polizist, religiöser Spinner, Großmeister der Information. Ich sagte zähneknirschend:

»Ich hab schon im Büro gespendet.«

Er brauchte eine gewisse Zeit, dann:

»Ich bettle nicht.«

Ich ging an ihm vorbei, warf einen prüfenden Blick auf die Haustür. Er sah mich fragend an. Ich sagte:

»Ich dachte, vielleicht ist draußen ein Schild angebracht, auf dem ›Arschlöcherkongress‹ steht.«

Ging hinein, führte ihn ins Wohnzimmer. In der Küche stand neonbeleuchtet das *poitín*. Ich fuchtelte in Richtung Sofa, und er setzte sich. Er hatte eine abgenutzte Aktentasche dabei, die er sich auf die Knie stellte. Er sagte:

»Sie sehen besser aus, Jack Taylor.«

»Anständige Lebensführung.«

»Unsere Gebete wirken, halleluja.«

»Was wollen Sie?«

Er öffnete die Aktentasche, begann, in Papieren zu blättern, sagte:

»Über forensische Psychologie werden Sie Bescheid wissen.«

»Nicht gut.«

»Trotz des mangelnden Interesses der Polizei an der Ermordung der jungen Männer war ein Forensiker davon so fasziniert, dass er eine eigene Untersuchung durchgeführt hat.«

»An allen Leichen?«

»Ja.«

»Warum hat er sich die Mühe gemacht?«

»Er schreibt ein Buch.«

»Und Sie kennen ihn ... woher?«

»Er ist in unserem Gebetskreis.«

»Klar.«

»Und dies hat er herausgefunden:

›Der Mörder ist männlich, Anfang 30, Junggeselle, Einzelkind. Sehr hoher IQ. Handwerker. Fährt umgebauten Lieferwagen. Als Kind müsste er Tiere gequält haben. Hat früh gelernt, sich zu tarnen. Als Heranwachsender muss er kleinere Zusammenstöße mit dem Gesetz gehabt, aber aus seinen Fehlern gelernt haben. Irgendwann dürfte er einen Mann ernsthaft tätlich angegriffen haben. Wenn man ihm persönlich begegnet, wird er höflich sein, sich gewählt ausdrücken, aber nichts empfinden. Er ist einfach nicht anwesend. Reue ist ihm fremd. Er neigt zu Bombast und versteckter Feindseligkeit. Die psychiatrische Bezeichnung dafür ist narzisstische Persönlichkeitsstörung und mangelnde Impulskontrolle. Gewalttätigkeit unvermeidlich. Sexuelle Befriedigung erfolgt durch erste Tötung. Unfähig, danach aufzuhören.‹«

Flood hielt inne und fragte:

»Könnte ich bitte ein Glas Wasser haben?«

Von Kopf bis Socke Richard Dreyfuss im *Weißen Hai*. Ich holte das Wasser, spielte mit dem Gedanken, es mit einem Schuss *poitín* aufzumotzen, ließ es dann aber. Als ich ihm das Wasser überreichte, zitterte seine Hand. Ich sagte:

»Heiland, diese Scheiße geht Ihnen ja wirklich an die Nieren.«

»Bitte, fluchen Sie nicht. Ja, das Böse stört mich.«

Ich setzte mich, zündete mir eine Fluppe an, sagte:

»Überaus eindrucksvoll, aber was lernen wir daraus? Ich weiß bereits, wer der Mörder ist.«

Er trank gierig von seinem Wasser, stieß auf, sagte:

»Ah, Mr Bryson. Deshalb bin ich hier. Ich bin mir nicht sicher, ob er in das Profil passt.«

»Scheiß aufs Profil. Was glauben Sie, wo Sie sind? In Quantico? Wachen Sie auf. Sie sind ein Ex-Bulle ohne Zukunft, der den Ermittler spielt. Glauben Sie mir, ich weiß, wie traurig so was ist. Sie beten, ich saufe, und möge jemand mit unseren elenden Seelen Erbarmen haben.«

Mein Ausbruch machte ihn fassungslos. Er setzte sich auf dem Sofa zurück, als hätte ich ihn geschlagen. Hatte ich ja auch gewissermaßen. Dauerte etwas, bevor er sprach. Dann:

»Mir war die Tiefe Ihrer Bitterkeit nicht klar. Es tut mir leid, dass Sie so verzweifelt sind.«

»Kopf hoch, Flood, ich brauche Ihren Kummer nicht.«

Er atmete tief ein und sagte:

»Jack, diese Einschätzungen sind geradezu unheimlich akkurat.«

»Und?«

»Wenn es Bryson wäre, wäre er nicht abgehauen.«

Ich stand auf, sagte:

»Er ist es.«

Er stand auf, ersuchte mich:

»Jack, hören Sie zu, bitte. Sie haben diesen Freund, den englischen Polizisten, bringen Sie ihn dazu, dass er Brysons persönlichen Hintergrund ausforscht, dass er prüft, ob er ins Profil passt.«

»War sonst noch was?«

»Jack!«

Ich zeigte ihm die Tür, sagte:

»Sagen Sie Ihrem Freund, ich werde das Buch kaufen.«

»Sie haben ein hartes Herz, Jack Taylor.«

»Das höre ich immer wieder.«

Und ich machte die Tür zu.

An jenem Nachmittag klingelte das Telefon ständig. War doch mir so wurscht. Ich war jenseits des Besten, was Roscommon zu bieten hat.

»An dem Tag wirst du beginnen, die Einsamkeit zu besitzen, die du so lang ersehntest. Frag mich nicht, wann das sein wird, oder wie, in einer Wüste oder in einem Konzentrationslager. Es ist unwichtig. Also frage nicht, weil ich es dir nicht sagen werde. Du wirst es nicht wissen, bevor du mittendrin bist.«

Thomas Merton, *Der Berg der sieben Stufen*

Es gibt wenige Albträume, die es mit denen durch *poitín* erzeugten aufnehmen können. In den frühen Sechzigern gab es eine klassische Winselplatte namens »Tell Laura I Love Her«. Der Typ in dem Song kommt auf dem Motorrad um, als er Obiges grölt. Davon habe ich geträumt. Der Typ war Jeff auf seiner Harley, und meine Laura ruft meinen Namen. Ich bin von Schwaneingeweiden bedeckt, und Clancy geht mit einer Machete auf mich los. Ich kam im Hintergarten zu mir, vom Regen gepeitscht. Keine Ahnung, wie ich dahin gekommen bin. Die *poitín*-Flasche war gegen die Hauswand geschmettert worden.

Ich kroch in den Korridor und übergab mich, die Kotze floss mir über die durchnässten Klamotten. Ein Durst brannte wie Feuer. Gelang mir, aufzustehen und mir die ruinierten Klamotten vom Leib zu reißen. Stopfte sie in die Waschmaschine und drehte auf max. Dann musste ich sie mit Gewalt wieder aufreißen, Wasser lief auf den Fußboden, und Waschpulver reinlöffeln. Trat sie wieder zu. In die Küche, eine Dose Heineken gefunden, beim Öffnen Finger aufgeschnitten. Genölt:

»Danke schön, Gott.«

Schluckte die Hälfte und übergab mich wieder. Treppe hoch und unter die Dusche. Riss fünf sengend heiße Minuten ab, frottierte mich behutsam, weil jeder Muskel schmerzte. Nichts legt einen so systematisch flach wie dieses *uisce beatha*. Kein Wunder, dass die Männer in Connemara zur Fastenzeit als Buße Sherry trinken. Zog Jeans und ein T-Shirt an. Zu meinem Schrecken war ein Logo auf dem T-Shirt. Als ich endlich die richtige Brennweite gefunden hatte, las ich: »I'm a gas man.«

Scheiße, oder?

Legte mich aufs Bett und verlor das Bewusstsein. Wachte erst am späten Abend wieder auf. Neue Albträume. Setzte mich aufgeschreckt hoch, mein Herz hämmerte. Ich hatte mich wieder übergeben, riss also das Bettlaken herunter. Noch mal duschen, fühlte mich 1 Grad weniger mies. Nach unten, Heilung suchen. Kein Tropfen: zéro, nada, nichts. Hatte alles im Hause weggeschlabbert. Musste vor die Tür. Letzte Jeans, Sweatshirt und meinen Polizistenmantel. Knöpfte ihn fest zu, während ein eisiger Krampf meinen Organismus quälte. Eine Kälte von den Toten herauf, den Mausetoten. Das Telefon klingelte, und ich ging fast nicht dran. Ich frage mich, ob alles anders gekommen wäre, wenn ich nicht ans Telefon gegangen wäre. Wahrscheinlich nicht, aber fragen muss ich mich trotzdem. Hob ab, sagte:

»Hallo?«

»Jack, hier ist Sweeper.«

»Ja?«

»Wir haben ihn.«

»Was?«

»In Athlone; arbeitet mit den Obdachlosen.«

»Heiland.«

»Er will mit Ihnen reden.«

»Warum?«

»Weiß ich nicht. Wollen Sie ihn sehen?«

»Ämm ... Okay.«

»Ich schicke Ihnen Mikey vorbei.«

»Sagen Sie ihm, ich bin bei Nestor's.«

»Okay.«

Ich machte mich auf den Weg zur Kneipe. Jeff war hinterm Tresen und sah fit und gesund aus. Der Wachposten war aufgezogen und sagte:

»Retter der Schwäne.«

Ich ignorierte ihn. Jeff sagte:

»Du siehst gar nicht mal so gut aus, Jack.«

»Was gibt's sonst Neues? Du, hinwiederum, strahlst wie ein Dreckeimerchen.«

»Das habe ich dir zu verdanken, Kumpel. Du hast was bei mir gut.«

»Ja, gib mir eine *pint* und einen einfachen Kurzen.«

Er zögerte einen Sekundenbruchteil lang, und ich sagte:

»Was?«

Er machte die Getränke. Der Wachposten versuchte es ein zweites Mal:

»Sie sind ein Held, Jack Taylor.«

»Schnauze.«

Jeff stellte die Getränke auf den Tresen, sagte:

»Auf mich.«

Ich holte mein Geld heraus, sagte:

»Nein, danke.«

Nahm die Getränke, mir zitterten die Hände, und ich musste die Gläser wieder abstellen. Jeff wollte mir helfen, sah aber mein Gesicht und hielt sich zurück. Ich ergriff den Kurzen mit beiden Händen und machte ihn alle. Der Wachposten war völlig gebannt. Ich sagte:

»Habe ich nicht gerade ›Schnauze‹ gesagt?«

Er studierte sein gewohnt halb leeres Glas. Der Whiskey schlug wie eine Rakete in meinem Magen ein. Spürte, wie mir das Blut ins Gesicht schoss, wusste, jetzt kriege ich die schnell wirkende Kneipenbräune. Ein Glühen hob sich aus meinen Eingeweiden, hoch durch den Brustkorb, und ich fühlte die Linderung. Ein paar Sekunden später, und ich konnte die *pint* einhändig anheben, kein Tremor. Wollte gerade Jeff um dasselbe noch mal bitten, als Mikey an meinem Ellenbogen erschien und fragte:

»Kleine Party?«

»Wollen Sie was?«

»Wir haben keine Zeit. Wir haben unsere eigene kleine Party.«

Er hatte ein halbes hämisches Grinsen im Gesicht. Ich sagte:

»Zeit für einen Schnellen.«

Ich bestellte einen Doppelten und sagte zu Mikey:

»Leisten Sie mir Gesellschaft.«

»Ich glaube nicht.«

»Müssen Sie wissen.«

Ich zündete mir eine Lulle mit dem silbernen Zippo an. Mikey sagte:

»Das ist Sweepers Feuerzeug.«

»Worauf wollen Sie hinaus?«

Auf nichts wollte er hinaus. Ich trank das Glas aus, wartete auf den Ruck, sagte:

»Also los.«

Jeff sagte:

»Pass auf, Jack.«

Ich antwortete nicht. Der Jameson trat um sich, machte mich vorübergehend sprachlos.

Mikey hatte den Van draußen geparkt. Sah zerschrammt aus, bis man einstieg und merkte, dass er nach Maß eingerichtet war. Hier drin konnte man glücklich und mit allem Komfort wohnen. Ich sagte:

»Schön umgebaut.«

»Ich bin gut mit den Händen.«

Er fuhr los, fädelte sich in den Verkehr ein. Ich fragte:

»Wo fahren wir hin?«

»Headford Road, zu den Sesshaften.«

Die Verachtung in seiner Stimme war wie ein Messer. Ich reagierte nicht, er sah zu mir herüber und sagte:

»Ich bin kein *tinker*.«

»Was?«

»Sie halten mich doch für einen.«

»He, Mikey. Ich halte Sie für gar nichts. Es ist vielleicht nur schwer zu glauben, aber ich denke überhaupt nicht über Sie nach. Ich habe Sie wie oft getroffen? Einmal?«

»Zweimal.«

»Zweimal?«

»Ich war bei den Tiernans dabei, schon vergessen? Sie haben natürlich nur eine Bande *tinkers* gesehen.«

Ich schüttelte den Kopf, holte meine Zigaretten heraus, griff nach dem Zippo. Er sagte:

»Mir wäre es lieber, wenn Sie aufs Rauchen verzichten könnten, zumindest in meinem Van.«

Ich steckte sie mir an und sagte:

»Geht mir doch so am Arsch vorbei.«

In Woodquay sagte er:

»Mit meiner Mutter, als ich vier war, musste ich immer um Mitternacht raus. Immer bis zum Fair Green. Da riss sie sich die Kleider vom Leibe. Wenn sie einen gewissen Pegel erreicht hatte, machte sie das.«

Als ich nichts erwiderte, fuhr er fort:

»Ein Van hat sie angefahren, sie war sofort tot. Nicht, dass sie irgendwas gespürt hätte, dazu war sie zu betrunken. Die *tinkers* haben mich adoptiert.«

»Warum?«

»Es war ihr Van.«

»Und Ihre Familie?«

»Die bestand nur aus ihr und mir ... und dem Schnaps, klar. In einer Wohnung in Rahoon, kennen Sie so was noch? Keinen Hund würde man da unterbringen. Ein Getto in Galway, wie in Amerika.«

Ich zertrat die Kippe auf dem Fußboden, sagte:

»Und warum sind Sie geblieben? Sie sind doch jetzt erwachsen.«

Wir bogen in die Einfahrt eines großen Hauses ein. Er sagte:

»Sie sollten ja nun wirklich am besten wissen, dass es kein Zurück gibt.«

Als wir ausstiegen, fragte ich:

»Wer wohnt hier?«

Es war eine große dreistöckige Sache mit angebauter Garage. Wonach sie aussah, war Bargeld, jede Menge Bargeld. Ich konnte Mikeys Gesicht nicht sehen, aber ich hörte das hämische Grinsen, als er sagte:

»Wer wohl? Sweeper.«

»Das Leben ist etwas Grauenhaftes. Es ist ja ganz okay, aber es zermürbt einen. Die Niederträchtigen gedeihen sogar dann noch in ihrer Skrupellosigkeit. Wenn Sie krank sind, brauchen Sie unbedingt einen guten Anwalt. Wenn Sie ein Todesurteil erhalten, ist darin inbegriffen, dass die Frontlinie verschoben wurde. In manchen Fällen – das hängt von Ihren Umständen ab – müssen Sie das Feld räumen und sich verkrümeln. Sie sind schwach. Der Tod ist dem täglichen Rückzug vorzuziehen.«

Harold Brodkey, *Die Geschichte meines Todes*

Mikey führte mich ins Haus. Einen Flur entlang, der mit Schwarz-Weiß-Fotos vollgehängt war. Das alte Galway. Frauen mit Kopftuch, Männer mit Schlägermütze. Vielleicht war es der Whiskey, aber es kam mir vor wie eine bessere Zeit. In ein Wohnzimmer, üppig mit Antiquitäten und Ledersesseln möbliert. Ein großes Feuer, davor Sweeper, den Arm auf ein marmornes Kaminsims gelegt. Drei junge Männer in schwarzen Trainingsanzügen. Sweeper bellte:

»Was hat euch aufgehalten?«

Dies zu Mikey, der mich ansah und sagte:

»Verkehr.«

Sweeper wandte sich an mich, fragte:

»Was zu trinken?«

Mikey machte ein Geräusch, als ersticke er gerade. Ich sagte:

»Nein, ich brauche nichts.«

Jaja, ich brauchte nichts. In die künstliche Ruhe vierer Whiskeys eingewickelt, brauchte ich nichts. Sweeper nickte, sagte:

»Ich bringe Sie zu ihm.«

Führte mich durch das Haus. In einem anderen Zimmer sahen eine Frau und drei Kinder *Wer wird Millionär?* Ich hörte, wie Chris Tarrant fragte:

»Endgültige Antwort?«

Wir betraten die Garage. Ronald Bryson war an einen Küchenstuhl gefesselt, nackt. Eine Heizsonne mit zwei Röhren stand neben ihm. Sweeper sagte:

»Ich lasse Sie mit ihm allein.«

Ein zweiter Stuhl stand vor Bryson. Sein Kopf war auf die Brust gesunken, er schien zu schlafen. Seine Haut war kreideweiß, kein einziges Haar drauf. Ich konnte keine blauen Flecken sehen und war erleichtert. Sagte:

»Ronald.«

Sein Kopf schnellte hoch, Blut um die Lippen. Es dauerte etwas, bis er klar sehen konnte. Dann: »Gock … Gockjeigank.«

Seine Zähne waren weg, das Zahnfleisch mit getrocknetem Blut und getrockneter Spucke überkrustet. Er sprach verzerrt und kaum verständlich. Um den Wahnsinn nicht auf die Spitze zu treiben, werde ich seine Worte nicht phonetisch wiedergeben, sondern so, wie ich sie schließlich entschlüsselt habe. Ich sagte:

»Sie wollten mich sehen.«

Er stemmte sich gegen die Seile, sagte:

»Sie haben mir die Zähne mit der Kombizange gezogen.«

Ich hätte doch was trinken sollen. Er sagte:

»Jack, Sie müssen ihnen sagen, dass es ein schrecklicher Irrtum ist. Ich weiß, dass ich mich schlecht benommen habe, aber ich habe diesen Männern nichts getan.«

»Haben Sie doch.«

»Jack, bitte! Da ist etwas in mir, das um Aufmerksamkeit bettelt. Die Leute sollen glauben, ich hätte diese schrecklichen Dinge begangen, aber es ist …«

Dann war seine Stimme nur noch ein Flüstern.

»Es ist nur ein Spiel. Erst leiste ich gute Arbeit, und dann ist es, als wäre ich besessen. Ich wende mich gegen die Menschen, denen ich helfe, und tue plötzlich so, als hätte ich was Gefährliches gemacht. Dann muss ich weiter. Sie können das überprüfen. In London …, ganz oft, es ist aber nur Fantasie.«

Ich zündete mir eine Zigarette an, sagte:

»Sie haben mein Haus verwüstet, mich mit Anrufen belästigt, mein Mädel terrorisiert.«

»Ich wollte nur Ihre Aufmerksamkeit. Dass Sie glauben, ich wäre Ihnen überlegen.«

Ich stand auf, und er weinte:

»Oh Gott, Jack, gehen Sie nicht weg.«

Ich beugte mich über ihn. Angst stieg von seinem Rumpf auf wie Rauch. Ich sagte:

»Selbst wenn ich Ihnen das alles abkaufen wollte, gibt es eins, was Sie überführt.«

»Was, Jack? Sagen Sie's mir ... Ich kann ... alles ... erklären.«

»Die Hand.«

Er schien echt verwirrt, fragte:

»Was für eine Hand?«

»Einem der Opfer wurde die Hand abgehackt, vor eine Haustür gelegt. Dann kriege ich mit der Post eine Plastikhand. Woher hätten Sie das wissen können –, es sei denn, Sie wären es gewesen?«

»Jack, ich schwöre, ich weiß nicht das Geringste über Hände. Ich habe Ihnen nie was mit der Post geschickt. Allmächtiger Gott, Sie müssen mir glauben.«

»Ich glaube Ihnen aber nicht.«

Ich wandte mich zum Gehen, und er weinte, flehte mich an zurückzukommen. Ich schloss die Tür hinter mir, ging zurück ins Wohnzimmer. Sweeper fragte:

»Hat er gestanden?«

»Nein.«

Sweeper sah mir in die Augen, fragte:

»Wie lautet Ihr endgültiges Urteil?«

»Er war's.«

»Okay, Mikey fährt Sie zurück. Ich komme in ein paar Stunden vorbei, dann regeln wir das Finanzielle.«

Während der Rückfahrt sprach Mikey nicht. Ich hörte eine Turmuhr zwölf schlagen, dachte:

»Um Mitternacht die Reu' erwacht.«

Im Hidden Valley stieg ich aus, als Mikey sagte:

»Ich habe angefangen, Lyrik zu lesen. Wen würden Sie empfehlen?«

Ich ließ mir kurz Zeit, als müsste ich überlegen, und sagte dann:

»Ist mir doch so was von scheißegal, wen Sie lesen.«

Im Haus hatte ich fast Angst davor, das Hochleistungssaufen wieder aufzunehmen, beschloss, es stattdessen mit Lesen zu versuchen. Entschied mich für Chester Himes; der war böse und komisch. In *The Primitive* unterstrich ich folgende Passage:

> *Aber in diesem Moment des Erwachens, bevor ihr Geist seinen Gleichmut wiedergefunden, seine Rechtfertigungen formuliert, seine Gegensätze verhärtet, sein logisches Erklärungsgebäude errichtet hatte –, in diesem Moment der Hilflosigkeit des Gefühlslebens ... konnte sie nicht mehr die ganze Schuld auf die Männer abwälzen. Das war etwas für die Nacht, die Nacht war zum Weinen da, der Tag zum Lügen; aber der Morgen war die beste Zeit für Angst.*

Ich war auf dem Sessel eingenickt. Die Klingel schrillte, und ich erhob mich benommen. Sah auf die Uhr. Fünf. Sweeper war allein mit einer Flasche Black Bush. Führte ihn in die Küche. Er sagte:

»Ich habe Gewürznelken mitgebracht, wir könnten uns zwei Heiße machen.«

»Warum eigentlich nicht?«

Ich brachte Wasser zum Sieden und baute große Drinks, rührte die Nelken hinein, Zucker, den Bush. Überreichte ihm seinen und setzte mich. Er sagte:

»Ist erledigt.«

»Okay.«

»Wollen Sie mich etwas fragen?«

»Würden Sie es beantworten?«

»Wahrscheinlich nicht.«

Wir tranken, und er baute die nächsten. Ich sagte:

»Die Hand beunruhigt mich.«

»Was?«

»Die mit der Post gekommen ist.«

Er lachte kurz, ohne Humor, sagte:

»Das war Mikey.«

»Was?«

»Er fährt oft nach Belfast. Er hat gedacht, Sie brauchen einen kleinen Weckruf. Ich habe das erst hinterher erfahren. Die Jungs haben es mir gesagt.«

»Oh mein Gott.«

»Was?«

»Heiland ... Lassen Sie mich nachdenken.«

Versuchte, klare Gedanken zu fassen, mich an das zu erinnern, was Brendan Flood gesagt hatte, sagte:

»Sweeper, ich werde versuchen, Ihnen jemanden zu beschreiben. Ich möchte, dass Sie sehr aufmerksam zuhören und mir dann sagen, wer Ihnen einfällt.«

»Okay.«

Ich holte tief Atem und fing an.

»Ein Mann Anfang dreißig, Junggeselle, hochintelligent ... Einzelkind. Handwerklich geschickt, fährt einen ausgebauten Van, hatte mal geringfügig mit der Polizei zu tun, hat wahrscheinlich ernsthaft jemanden zusammengeschlagen. Er ist höflich, drückt sich gut aus, gebildet.«

Ich troff vor Schweiß. Sweeper zögerte nicht, sagte:

»Mikey, warum?«

»Nichts, ich war nur neugierig.«

Wäre er weniger kaputt gewesen, hätte er nachgefragt. Aber die Erschöpfung schloss ihm die Augen. Er zuckte die Achseln, zog einen Umschlag hervor, sagte:

»Ein Bonus. Sie haben gut gearbeitet.«

»Ich ziehe um.«

»Nach London?«

»Nein, zurück in Bailey's Hotel.«

»Sie können aber hier bleiben.«

»Danke, aber es ist Zeit für eine Veränderung.«

Er stand auf, streckte die Hand aus, sagte:

»Man sieht sich, Jack Taylor.«

»Klar.«

Als er weg war, öffnete ich den Umschlag. Genug, um mich lange flüssig zu halten. Ich klebte ihn wieder zu.

Am nächsten Tag saß ich bei Sweeney's. Die Schreie der Möwen über dem Hafen. Bill Cassell erschien kurze Zeit später. Er sah noch dünner aus, setzte sich auf seinen angestammten Platz, und ich setzte mich ihm gegenüber. Ich legte den Umschlag auf den Tisch, sagte:

»Würden Sie das nachzählen?«

Er zählte nach und sagte:

»Das ist viel Geld, Jack. Was wollen Sie? Soll jemand umgebracht werden?«

Ich zündete mir eine Zigarette an, warf einen letzten Blick auf das Zippo, schob es zu Bill hinüber, sagte:

»Er heißt ...«

ANMERKUNGEN DES ÜBERSETZERS

Vorbemerkung: Als der Übersetzer Lehrling bei Suhrkamp war, fusionierte dieser gerade mit dem Insel Verlag, und wenn in der Folgezeit Insel (Ost) und Insel (West) ein gemeinsames Projekt machten, erkannte man Insel (Ost) am Anmerkungsapparat und Insel (West) daran, dass der Anmerkungsapparat wieder rausgeschmissen wurde, stand in der DDR-Verfassung doch »im Mittelpunkt der allseits gebildete Mensch«, im Grundgesetz dagegen nur ein vage formuliertes »Recht auf Bildung«. Der Übersetzer selbst schwankt zwischen DDR-Verfassung (Anmerkungsapparat) und Grundgesetz (Bequemlichkeit). In der Praxis bedeutet das, dass er alles mitteilt, was er herausgefunden hat, und das, was sowieso jeder weiß, für sich behält.

Frl. Marianne Warm, eben jetzt (9. Juni 2009) noch Lehrmädchen bei der Firma DAS BUCH *in Eppendorf*, hat die deutschen Titel der unzähligen vom Ich-Erzähler gelesenen und vom Autor erwähnten Bücher aus dem VLB (= Verzeichnis lieferbarer Bücher)-Computer gezogen. Vielen Dank! Erstaunlich, wie viele Bücher noch nicht auf Deutsch erschienen sind. Das hätten wir beide nicht gedacht. Eine Fundgrube für schnelle Verlage. Die könnten jetzt ganz neu Chester Himes' *The Primitive* für sich entdecken. Von Harold Brodkey wäre auch noch was zu haben. Egal. In solchen Fällen wurden die englischen Originaltitel beibehalten oder unkreativ ohne Rücksicht auf Massenabsatz ins Deutsche gebracht.

Meine Frage nach dem GBC für *Jack Taylor fliegt raus* beantwortete der Autor übellaunig mit einer Gegenfrage: »Ein Café. Ich denke, der Kerl kennt Galway?« – »Entschuldigung; *mir* sind in Galway keine Cafés aufgefallen«, konterte ich kühl und berichtete, wie ich mal nach der Polizeistunde in einer Kneipe am Hafen ... Doch genug davon.

9 Louise Bogan ist – Überraschung! – Dichterin.

12 Joe Dolan und Dickie Rock sind berühmte irische Sänger.

14 Kim Carnes ist eine US-amerikanische Rocksängerin.

16 Daniel Michael Blake Day-Lewis (* 29. April 1957 London), Schauspieler (*Mein wunderbarer Waschsalon* von Hanif Kureishi 1985; *Zimmer mit Aussicht*; *Die unerträgliche Leichtigkeit des Seins;* Oscar für – 1989 – *Mein linker Fuß*). Seit 1996 mit Rebecca Miller, der Tochter Arthur Millers, verheiratet, wohnt mit ihr in Irland (Annamoe, County Wicklow) auf dem Lande.

17 Paula Yates war mit Bob Geldof verheiratet, und Mary Coughlan ist eine der besten irischen Sängerinnen.

23 Patrick McGill ist ein berühmter irischer Schriftsteller. (Mehr sagt Ken Bruen nicht. Muss er ja auch nicht. Wo Patrick McGill doch berühmt ist.)

41 Die irische Polizei, die Garda Síochána, spricht man Garda Schikana aus. Ernsthaft jetzt. »Wächter des Friedens« heißt das.

44 Kiki Dee war und ist eine britische Sängerin.

46 *Fawlty Towers (Fawltys Hotel, Zimmer frei; Ein verrücktes Hotel; Das verrückte Hotel – Fawlty Towers)*, von John Cleese und seiner damaligen Frau Connie Booth entwickelte britische TV-Serie, 1975 und 1979 je sechs Folgen, Regie

John Howard Davies und Bob Spiers. Hotelbesitzer Basil Fawlty (Cleese), cholerisch, überfordert, seine resolute Frau (Prunella Scales), der radebrechende spanische Kellner (Andrew Sachs) und das patente Zimmermädchen (Booth) murkeln vor sich hin, und wenn ein deutscher Gast kommt, sagt Cleese: »Nicht den Krieg erwähnen.«

52 »... die gerahmten *Desiderata*« beginnen mit den Worten »Gehe ruhig und gelassen durch Lärm und Hast und sei des Friedens eingedenk, den die Stille bieten kann« und enden mit den Worten »Strebe danach, glücklich zu sein«. Autor ist der amerikanische Jurist Max Ehrmann (1872–1945), weil der Text aber auf Briefpapier der Old St. Paul's Church in Baltimore (1692) vervielfältigt wurde, glaubt jeder, er wäre mindestens 300 Jahre alt. Die deutsche Fassung (schön mit »gebe« statt »gib« und »nehme« statt »nimm«) verdrängt zunehmend die »Zigeunerin« und die »Gewitterstimmung am Walchensee«.

58 Wollten Sie immer schon mal wissen, warum Dagmar Koller Robbie Williams gut findet? »Er singt gut, er schaut gut aus, und er scheißt sich nix.«

58 *Der Bruder:* Eine Serie von Monologen von Flann O'Brien, in denen der Monologisierer von den Heldentaten seines bzw. des Bruders berichtet. Jeder der Monologe endet mit den berühmt gewordenen Worten »Ah, da kommt ja mein Bus«.

65 Jeff O'Connell ist ein Dichter aus Galway.

69 Robin Redbreast ist ein irischer Whiskey.

91 Dies flüstern die Drogen Richard Pryor in seiner auf DVD erhältlichen Stand-up-Comedy-Serie zu.

96 Póg mo tóin: Küsse meine Kehrseite

108 Bodhrán: »Taubmacher«, die große einseitig bespannte Trommel, die man mit einem kleinen Holzklöppel

schlägt, früher mit dem Bauchfell eines Feindes bespannt und mit einem seiner Knochen bespielt. Gesprochen, wie man's schreibt, bis auf das »dh«. Wenn dem Hibernophonen ein Konsonant leidtut, schreibt er ein »h« dahinter, und schon bleibt er stumm. Man könnte auch ein Radiergummi verwenden. Uilleann-Pfeifen: Ellbogenpfeifen, also Dudelsack. Gesprochen »Illen«. Wenn mich jemand nach der Aussprache des Irischen befragt, sage ich: »Genau wie Französisch. Die eine Hälfte der Buchstaben wird gar nicht ausgesprochen, die andere Hälfte anders.« Jetzt wissen Sie mehr als Keegan.

109 Terry Wogan ist ein irischer Rundfunk-Star.

112 Dass die Kfz-Steuer nicht bezahlt wurde, sieht man offenbar am Autokennzeichen.

119 Helen Mirren ist eine britische Schauspielerin, die voriges Jahr den Oscar bekam.

135 Phyl Kennedy ist Ken Bruens Frau.

152 Die »Pioniere« sind der Alkoholverächterverband.

159 Der Cassell's verblüfft immer wieder, besonders durch nautisches Fachvokabular. Haughey war irischer Premierminister.

163 Sellafield, britischer Nuklearreaktor, wegen häufiger Störfälle umbenannt (hieß vorher Windscale). Als Sellafield durch häufige Störfälle bekannt geworden. Bescherte der Welt am 10. Oktober 1957 den größten Super-GAU vor Tschernobyl. 1957? Sagt Wikipedia. Glaube ich aber nicht. Inzwischen stillgelegt.

165 Seamus Heaney, Famous Seamus, irischer Literaturnobelpreisträger und Lyriker.

199 Tesco ist eine Supermarktkette.

220 In Quantico werden FBI-Agenten ausgebildet.

JACK TAYLOR IN SERIE

Bereits erschienen

(1) Jack Taylor fliegt raus

(2) Jack Taylor liegt falsch

In Vorbereitung

(3) Jack Taylor schmiert ab

Deutsche Erstausgabe
2. Auflage

Die Originalausgabe erschien 2002
unter dem Titel *The Killing of The Tinkers*
bei Brandon, Dingle

Aus dem Englischen von Harry Rowohlt
Umschlag: Rothfos & Gabler, Hamburg
Umschlagmotiv: © David Ash/Corbis
Satz: Greiner & Reichel, Köln
Druck und Bindung: GGP Media GmbH, Pößneck
Printed in Germany
ISBN 978-3-85535-045-2